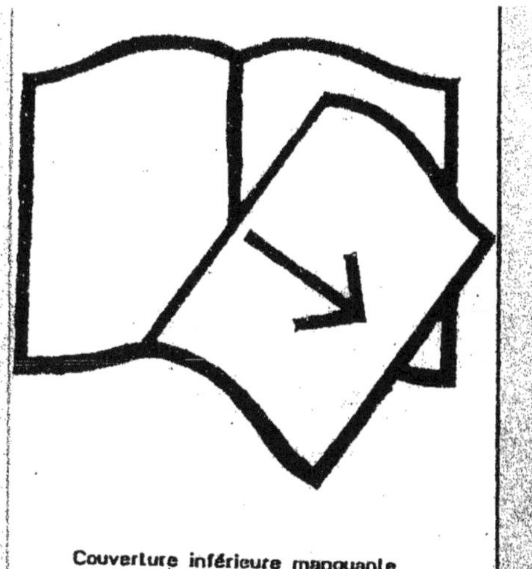

Couverture inférieure manquante

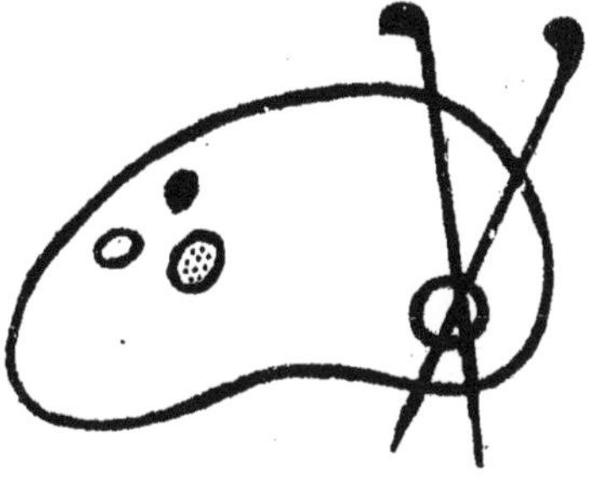

Début d'une série de documents
en couleur

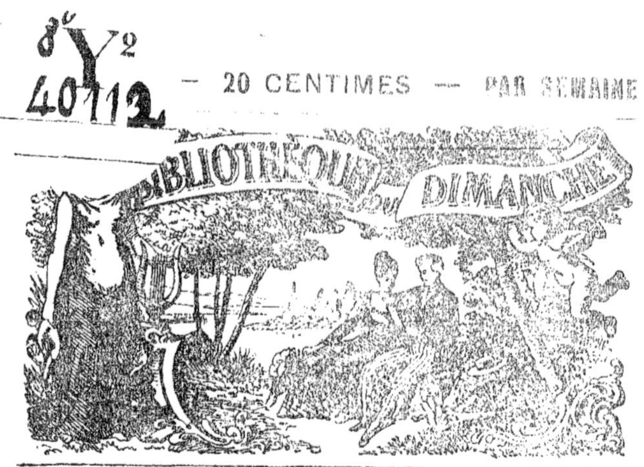

YVES ROBERT

LA

JOLIE BLANCHISSEUSE

ROMAN PARISIEN INÉDIT

Tome I

NOUVELLE LIBRAIRIE A. SOIRAT

146, RUE MONTMARTRE, 146

PARIS

20 CENTIMES le volume envoyé par poste dans toute la France. (Port entièrement gratuit.)

ABONNEMENTS : 1 an, 10 fr. — 6 mois, 5 fr. 15. — 3 mois, 2 fr. 60

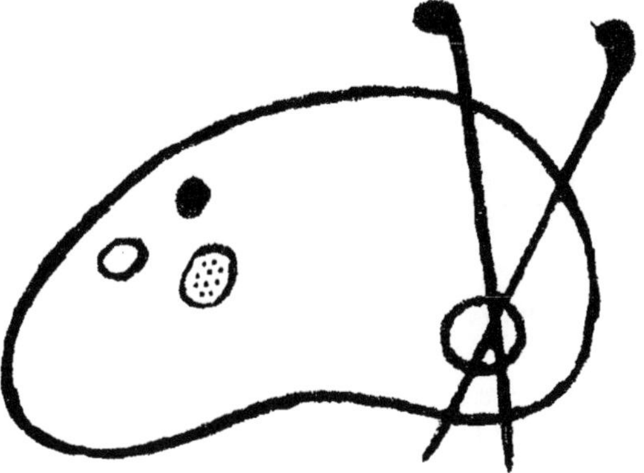

Fin d'une série de documents
en couleur

LA JOLIE BLANCHISSEUSE

PAR

YVES ROBERT

PARIS

N. BLANPAIN, DIRECTEUR

LA JOLIE BLANCHISSEUSE

PREMIÈRE PARTIE
LE CRIME DE LA RUE MOUFFETARD

CHAPITRE I

UN LENDEMAIN DE FÊTE

Par ce froid matin-là, des derniers jours de mars 188., le soleil encore tout pâlot, comme un convalescent qui fait sa première sortie, trouait obliquement, d'un blême rayon sans chaleur, les carreaux du petit atelier de la rue des Feuillantines, presque au coin de celle de Lourcine, plaquant sur le mur peint à la colle une tache claire, devant laquelle sautillaient, dans la bande de lumière, des grains de poussière brillante, comme les paillettes d'or en suspension dans une bouteille d'eau-de-vie de Dantzig.

Cet atelier de blanchisserie, tout juste

grand comme un mouchoir de poche, faisait pourtant, tel quel, l'orgueil de sa propriétaire, qui en était elle-même le plus bel ornement.

Grasse comme une loche, luisante de santé, la patronne, trônant, s'épanouissait au fond de la boutique, derrière l'établi, encadré par des piles de linge très blanc, déjà lavé et passé à l'essoreuse, mais que les fêtes de la Mi-Carême, traînant à leur queue la fête des blanchisseuses, avaient empêché d'être repassé à temps.

Pourtant madame Graindor, *la petite mère* Graindor, comme on l'appelait dans le quartier, quoiqu'elle eût cinq pieds, comme un grenadier, était l'exactitude même. Elle serait restée se rôtir devant sa mécanique toute la nuit du samedi plutôt que de faire attendre la pratique le dimanche matin. Mais, bah ! une fois n'est pas coutume et, pour la fête, cette année-là, elle avait laissé la besogne en plan.

Aussi, tout en lapant son petit noir du matin avec une brioche d'un sou, contemplait-elle, un peu soucieuse, le tas énorme de linge qu'il allait falloir abattre ; elle calculait déjà mentalement combien d'heures il faudrait veiller pour rattraper le temps perdu et faisait une moue significative, quand, tout à coup, elle tressaillit.

Huit heures sonnaient lentement à l'horloge de l'église Saint-Médard, située à deux pas.

— Diable ! fit la petite mère, monologuant tout haut, huit heures ! Et ces ouvrières qui n'arrivent pas ! me feraient-elles faux bond ?... Ce n'est pourtant pas la besogne qui manque. Et mon coke qui brûle pour rien, à les attendre !

Mais la grosse blanchisseuse était la meilleure des créatures. Après ce mouvement d'impatience, elle reprit aussitôt :

— Enfin, il faut bien qu'elles se reposent, ces enfants. Elles ont dansé jusqu'à deux heures et, quand on est jeune, il faut bien dormir ses six heures pour le moins.

A ce moment une pratique entra.

— Comment, vous êtes seule, madame Graindor ? Et moi qui comptais sur mes jupons pour aujourd'hui !

— Vous les aurez demain, ma chère dame. On va s'y mettre de suite. Vous le voyez, tout notre linge est lavé. Un coup de fer, la chose de dix minutes et ce sera prêt...

Mais la voisine, une bonne langue, pour qui les jupons à réclamer n'étaient qu'un prétexte à bavardage, n'eut garde de perdre une si belle occasion de se faire raconter la fête de la veille.

Elle ferma donc la porte, qu'elle avait maintenue entrebâillée, s'installa sur une chaise près de la mécanique qui, bourrée de coke, ronflait déjà comme un feu de forge, et reprit :

— Oh ! je ne suis pas si pressée que ça ! Dieu merci, on a du linge de rechange. Je comprends bien que vous n'avez pas eu le temps, à cause de la fête... A propos, comment cela s'est-il passé? Vous êtes-vous bien amusée ? J'espère que vous vous en donnez !

La mère Graindor sourit :

— Que voulez-vous, madame Perret, faut bien prendre un peu de bon temps : la vie n'est déjà pas si gaie par elle-même. On ne peut pas toujours rester dans son trou, comme des ours.

— Et la petite Rosette ?... Comme elle était belle ! Je l'ai aperçue hier, sur son char, avec sa toilette blanche et bleue. Vous avez bien fait les choses.

— Ah ! ah ! vous l'avez trouvée belle ? répondit la blanchisseuse dont la large face s'épanouit dans un bon rire qui fit voir ses dents blanches. Vous n'êtes pas la seule. Ça a été une ovation, ma bonne dame. On se bousculait pour nous voir.

— Et le bal?

— Le bal?... Encore bien mieux. C'était à qui l'aurait pour cavalière. Un moment même j'ai cru qu'ils allaient se battre, comme des coqs pour une poulette. Alors, comme elle ne pouvait pas contenter tout le monde, n'est-ce pas, elle a dansé tout le temps avec Auguste.

— Qui donc, Auguste ?...

— Eh ! son roi, pardi, le roi du lavoir, Auguste Belon. Ce qu'il doit exciter des jalousies, ce garçon ! Mais il s'en moque, et il fait bien. On aura beau faire et beau dire, ce n'est pas cela qui empêchera son père de posséder pas mal d'écus et le plus beau lavoir de l'arrondissement.

— Eh ! eh ! ça ferait un beau parti pour Rosette.

Et madame Perret cligna de l'œil d'un air malin.

— J'y ai bien songé, mais la petite n'a pas l'air pressée de se marier. Et puis songez donc, ma chère, c'est si jeune encore. Seize ans le mois dernier. Elle a bien le temps de se mettre la corde au cou.

— Ah ! certainement que si on savait l'avenir, comme les somnambules, il y a bien des mariages qui...

La Perret s'interrompit en poussant un gros soupir.

— Qu'avez-vous donc, ma bonne dame ? fit la blanchisseuse d'un ton compatissant. Est-ce que Perret...

Mais elle s'arrêta à son tour, se rappelant que dans tout le voisinage le mari de sa pratique passait pour un vaurien fini et

qu'on n'aime pas à voir ces choses-là éta-
lées devant le monde.

Mais la voisine était lancée, elle vida son
fiel d'un coup.

— Ah! ne m'en parlez pas! Ces rosses
d'hommes!... Voilà toute une semaine qu'il
fait le lundi sans donner signe de vie à la
maison.

La mère Graindor hocha la tête.

— Que voulez-vous, dit-elle, il faut bien
se résigner. Il rentrera bien quand il n'aura
plus le sou...

Elle ne put achever sa phrase. La porte
s'ouvrit au même instant et une grande
brune, maigre, efflanquée comme une jument de courses, ébouriffée, parut sur le
seuil.

— Ah! ah! exclama la blanchisseuse,
vous voilà, Justine. Eh bien! où sont les
autres?

— Je ne les ai pas vues, fit Justine en
étouffant un bâillement comme quelqu'un
qui sort du lit. Mais j'ai rencontré Théodore, ajouta-t-elle en riant. Il en crèvera
de dépit.

— Bah! fit la patronne, il vous a donc
parlé?

— Non, mais j'ai bien vu qu'il attendait
Rosette, pour lui faire des reproches, sans
doute.

— Quel est donc ce Théodore? demanda

madame Perret, qui flairait déjà un cancan
à colporter dans le voisinage.

— Vous ne savez pas ? fit Justine étonnée.
C'est le premier garçon de Machinot, le gros
boucher de la rue Mouffetard. Il est toqué
de Rosette, et hier elle ne lui a seulement
pas accordé la plus petite polka. Il doit être
furieux après M. Auguste.

Et elle reprit, après une seconde de réflexion :

— M. Auguste fera bien de se méfier.
Théodore est aussi brutal qu'il est fort et
dame !... la jalousie...

— Tu es folle, interrompit la blanchisseuse. Allons, ajouta-t-elle en posant sur
l'établi un paquet de draps, en attendant
que ces demoiselles arrivent, préparons-
leur de l'ouvrage. Il ne faudra pas s'endor-
mir sur le rôti, aujourd'hui.

Madame Perret, comprenant que le travail pressait et qu'elle devenait importune,
se leva pour partir.

— Oh ! il ne faut pas que cela vous
chasse, dit madame Graindor. Vous n'êtes
pas de trop.

Mais la voisine avait hâte d'aller de porte
en porte raconter ce qu'elle venait d'apprendre au sujet d'Auguste et de Théodore.

— Si fait, répondit-elle. Vous n'avez pas
trop de place. Ici c'est grand comme la

main. Je reviendrai ce soir. Au revoir, m'ame Graindor.

Comme elle mettait la main sur le *bec de cane* en cuivre de la porte vitrée, celle-ci fut brusquement rejetée en dedans et une troupe de cinq jeunes filles, dont l'aînée pouvait avoir vingt-six ans et la plus jeune — un affreux petit souillon — quinze à peine, firent irruption dans l'atelier avec la violence d'un coup de vent.

C'étaient les ouvrières de madame Graindor.

Le souillon était l'apprentie.

— Enfin! vous voilà donc. Ce n'est pas malheureux, dit la patronne en essayant de rendre grondeuse sa voix naturellement aimable. Savez-vous que vous êtes en retard d'une grande heure ?

— Ce n'est pas notre faute, madame, répliqua Jeanne, celle de vingt-six ans. Il faut vous en prendre à nos danseurs.

— Comment ça ? fit la blanchisseuse d'un on déjà radouci par ce semblant d'excuse.

— Eh ! oui, poursuivit Jeanne. Ils nous ont emmenées aux Halles après le bal. Si vous n'étiez pas partie si tôt avec Rosette, vous seriez venues avec nous. Ces messieurs nous ont offert à souper.

— Alors vous avez passé la nuit blanche ?

— Absolument ! nous avons dansé, après votre départ, jusqu'à cinq heures du matin, soupé jusqu'à sept. Le temps d'aller nous changer et nous débarbouiller et nous voilà ; un peu lasses, mais prêtes à travailler jusqu'à demain matin, s'il le faut, pour rattraper le temps perdu.

Après avoir débité cette tirade vivement, tout d'une haleine, elle se tourna vers ses compagnes et ajouta :

— N'est-ce pas, mesdemoiselles ?

— Oui, oui, lui fut-il répondu en chœur.

— Alors, au travail ! dit la patronne, en répondant d'un signe de tête à madame Perret qui, après avoir écouté le récit de Jeanne, s'était décidée à sortir et fermait la porte en répétant :

— Au revoir ! Je reviendrai ce soir.

Toutes les ouvrières se mirent alors à leurs places habituelles devant l'établi et le train-train de tous les jours commença après qu'elles se furent partagé la besogne.

Pendant quelques minutes, elles travaillèrent en silence.

Ce fut encore Jeanne qui le rompit :

— Mais où donc est Rosette ? demanda-t-elle, remarquant soudain l'absence de la petite Reine de la veille.

— Elle est à la maison, répondit la mère Graindor. Je l'ai laissée dormir encore un peu, cette petite. Elle s'est tant fatiguée hier.

— Et puis une reine ! dit Jeanne d'un ton

où perçait une pointe de secrète envie, ça peut bien faire sa grasse matinée.

Mais, comme pour lui donner un démenti, au moment même où elle achevait ces mots, la porte s'ouvrit de nouveau et la gentille silhouette de Rosette, qui accourait tout essoufflée, les yeux encore gros de sommeil, se profila brusquement sur le fond plus clair de la rue ensoleillée.

CHAPITRE II

ROSETTE

— Bonjour, tout le monde ! s'écria-t-elle
d'une voix claire et joyeuse.

C'était une ravissante petite blonde, toute
mignonne et toute frêle, à la physionomie
éveillée et mutine, une vraie petite Parisienne dans l'acception charmante du mot.

A son sourire on la devinait bonne et
sans malice. Mais elle devait être aussi ter-
riblement *gâtée* par la bonne blanchisseuse
qui lui servait de mère. Car ses yeux noirs,
hardis comme ceux d'un page, ne se bais-
saient qu'à regret et flambaient à la moindre contrariété, tandis que sa bouche se
fronçait d'une moue d'enfant volontaire, ha-
bitué à voir ses moindres caprices tenus
pour des ordres.

Mais ce qui prédominait surtout en elle
était un air d'espièglerie naïve, très com-
patible du reste avec son âge. Car c'était
presque une enfant. Madame Graindor l'a
dit devant nous à madame Perret, « seize
ans le mois dernier ».

Dans le quartier tout le monde la connaissait et tout le monde l'adorait.

Les femmes la considéraient encore comme une gamine. Mais les hommes, qui devinaient dans les appas naissants de la toute jeune fille une femme admirablement belle pour l'avenir, l'avaient déjà surnommée : la Jolie Blanchisseuse.

Nous savons d'ailleurs quels terribles incendies elle allumait dans les cœurs : témoins Auguste et Théodore, le fils du patron du lavoir et le garçon boucher de la rue Mouffetard.

Elle passait innocente et tranquille au milieu de toute cette tendresse qui l'entourait, paraissant se soucier aussi peu de l'un que de l'autre et réserver toute son affection pour sa mère adoptive, *maman* Graindor, comme elle se plaisait à la nommer.

La grosse blanchisseuse avait certes pour la mignonne enfant autant d'amour que si celle-ci eût été sa fille; mais Rosette n'était pas une ingrate et c'était un culte véritable qu'elle professait à l'égard de celle qui l'avait élevée.

C'est qu'en effet, jamais elle n'avait connu d'autre mère que celle-là.

Mise en nourrice autrefois chez la blanchisseuse qui habitait alors Gentilly, cette dernière, après avoir perdu successivement son enfant, le frère de lait de Rosette, et

son mari tué par un éboulement (il était
carrier), avait reporté sur l'enfant confiée à
ses soins toute la tendresse dont elle était
capable.

C'est ainsi qu'elle finit par s'habituer à
considérer comme la sienne cette petite fille
que ses parents abandonnaient.

Car ceux-ci ne donnaient plus signe de
vie.

Après avoir été régulièrement payés pendant quelque temps, les mois de nourrice
se firent plus rares, puis cessèrent brusquement.

La veuve Graindor se rendit à Paris, à
l'adresse indiquée par la personne qui lui
avait apporté Rosette et demanda des renseignements.

On ne put lui en fournir. Personne, du
nom ni du signalement qu'elle donnait, n'a-
vait habité la maison ni le quartier.

Moins fâchée que surprise, elle revint à
Gentilly et garda la petite.

Puis les années avaient marché. La nourrice était venue se fixer à Paris où elle avait
acheté le petit fonds de blanchisserie de la
rue des Feuillantines.

Rosette, à cette époque, allait sur ses cinq
ans.

La mère Graindor la mit à l'école et tra-
vailla ferme, puisqu'elle avait deux bou-
ches à nourrir.

La petite boutique prospéra.

Quand Rosette eut quinze ans, la blanchisseuse, jugeant qu'elle était assez savante, la prit avec elle et lui enseigna son métier, redoutant pour elle les fréquentations et les mauvais exemples des ateliers et préférant la garder pendue à ses jupes, mais l'avoir toujours sous les yeux.

Tout cela, elle l'avait fait sans *fla-fla*, sans embarras, gardant pour elle sa bonne action et n'en faisant point parade.

Aussi, à part quelques amis intimes qui connaissaient la vérité, la gentille blanchisseuse était dans l'opinion de tous la fille, légitime de madame Graindor.

Elles habitaient ensemble un petit logement de deux pièces, une chambre et un cabinet, rue Mouffetard, dans la maison voisine de celle du boucher Machinot, le patron de Théodore.

La blanchisseuse aurait bien voulu, dans les commencements, pouvoir se loger rue des Feuillantines, à son atelier même.

Mais la petite boutique ne possédait pour toutes dépendances qu'une cave, située au-dessous, et qui était trop humide pour qu'on songeât à l'occuper.

Elle s'était donc résignée tout d'abord, espérant trouver plus tard, dans la même maison, un local vacant. Puis, à la longue, elle s'était habituée à avoir deux domiciles distincts et finalement elle était restée rue Mouffetard, ne se décidant à abandonner ni l'un ni l'autre.....

Maintenant que le lecteur en sait autant que nous sur Rosette et sa mère d'adoption, reprenons notre récit où nous l'avons laissé, c'est-à-dire au moment où la petite Reine de la veille entrait dans l'atelier.

— Bonjour, petite, fit maman Graindor en la couvant d'un regard chargé de caresses. Eh bien, es-tu suffisamment reposée ?

— Oui, mère, répondit la blonde enfant, mais ça m'a tout de même fait du bien de dormir quelques heures de plus.

— Alors, à l'ouvrage, dit la blanchisseuse, en déposant devant elle, sur l'établi, une pile de serviettes et de mouchoirs, travail facile, le seul qu'elle confiât à ses mains encore inhabiles.

Rosette alla prendre son *gendarme* à la mécanique et se mit gaiement au travail.

Dans l'atelier, redevenu silencieux, on n'entendait plus maintenant que le petit bruit du glissement des fers à repasser sur le linge et le ronronnement de la mécanique où grésillait le coke. Une buée légère, montait bleuâtre, sous la chaleur des fers, de tout ce linge encore humide et bientôt elle remplit la boutique d'âcres senteurs toutes spéciales.

Les ouvrières se taisaient, absorbées par leur tâche, se dépêchant, tout en songeant encore aux plaisirs de la veille.

Ce fut encore Jeanne qui troubla ce calme.

A brûle-pourpoint, elle demanda, en jetant un regard luisant du côté de la nouvelle venue :

— As-tu vu le grand Théodore, Rosette?

Celle-ci devint un peu rouge à cette question inattendue et fit la moue dont nous avons parlé plus haut.

Elle répondit :

— Je me fiche bien de Théodore ; qu'on me laisse tranquille avec ce garçon.

— C'est que je l'ai rencontré , tout à l'heure, en venant. Il avait l'air d'attendre quelqu'un.

— Et qui prouve que ce soit moi qu'il attendait ?

Cette réplique fut faite d'un ton un peu sec.

Jeanne se le tint pour dit et n'insista pas.

— Allons ! interrompit la patronne, qui avait remarqué la grimace de sa benjamine, nous n'avons pas le temps de bavarder. Travaillons, mesdemoiselles.

Puis se frappant le front en apercevant un paquet de linge, enveloppé dans une serviette et posé sur un rayon :

— Ah ! mon Dieu ! fit-elle, le linge de M. Raoul que je lui avais promis pour hier,

sans penser à la fête, et qui est encore là !
Il faut le lui reporter tout de suite. Agathe,
tu vas y aller immédiatement.

Le souillon de quinze ans, à qui s'adres-
saient ces paroles et qui avait la spécialité
des courses, leva le nez de dessus son ouvrage qui consistait à repriser à gros points
d'épais torchons. Elle prit un air boudeur à
l'idée de quitter la bonne chaleur de l'atelier, mais ne bougea pas plus qu'une
pierre.

— Eh bien ! m'as-tu entendue ?

Rosette, au rebours de l'apprentie, avait
cessé sa moue aux premiers mots pronon-
cés par madame Graindor.

Elle l'interrompit :

— Veux-tu que j'y aille ? dit-elle avec
une nuance d'hésitation.

Jeanne, à qui ce manège n'avait pas
échappé, eut un sourire en dessous.

Ce sourire voulait dire bien des choses.

Elle comprenait bien, elle, les raisons
du changement subit qui s'était opéré dans
les traits de Rosette, sous l'influence d'un
trouble que la blanchisseuse, aveuglée par
sa tendresse pour sa fille adoptive, n'avait
pas même remarqué.

Depuis longtemps déjà, Jeanne qui était
une fille d'expérience, avait observé que si
les noms des deux rivaux, Auguste et Théodore, qui se disputaient l'amour de la jeune

fille, laissaient celle-ci parfaitement calme, quand on parlait d'eux à l'atelier, en revanche, chaque fois que l'on prononçait seulement le nom de M. Raoul, les joués de Rosette s'émpourpraient, malgré ses efforts à se contraindre.

Quel était donc ce troisième larron qui avait réussi à s'emparer de ce cœur encore neuf à l'amour ?

Nous le saurons tout à l'heure.

Nous saurons aussi ce qu'il y a de fondé dans les suppositions de mademoiselle Jeanne, une fine mouche à tout prendre. Cette dernière, heureuse de contrarier Rosette, murmura :

— Il vaut bien mieux que ce soit Agathe qui y aille. Elle ne fait rien de pressé.

La petite Reine du lavoir qui se sentit devinée, frappa du pied avec impatience :

— Vous ! ça ne vous regarde pas. Mêlez-vous de vos affaires !

Ceci décida la mère Graindor, qui prit naturellement parti pour sa fille d'adoption.

— Au fait, dit-elle, tu n'as pas encore les yeux bien ouverts. Vas-y, ça te fera prendre l'air et te réveillera tout à fait.

En disant ces mots, elle lui posa en travers sur les bras le paquet de linge, sur lequel la note à payer était fixée par une épingle.

— Et surtout, ajouta-t-elle, ne perds pas le papier en route.

— Sois tranquille. J'y veillerai, répondit Rosette qui sortit en jetant un regard de triomphe sur Jeanne, son ennemie, et partit en trottinant de son pas de petite fée.

Neuf heures sonnaient à Saint-Médard.

CHAPITRE III

Rosette se hâtait et marchait d'un pas alerte sans retourner la tête et sans avoir l'air de prendre garde aux compliments que sa gentillesse arrachait sur son passage aux étudiants qui, à ses côtés, grimpaient la rue des Feuillantines, se rendant à l'Ecole de Droit ou de Médecine.

Elle suivait en cela les sages recommandations de sa mère adoptive.

—Surtout, petite, lui avait maintes fois répété celle-ci, surtout ne réponds jamais, quand je t'enverrai en courses, aux gens — et principalement aux jeunes gens — qui t'adresseront la parole, sous quelque prétexte que ce soit. Ce sont tous des *enjôleurs*.

Rosette ne savait guère au juste ce que c'est qu'un enjôleur.

Mais, ce jour-là, elle avait d'autant moins de peine à mettre à profit ces avis, dictés par la prudence maternelle de la bonne blanchisseuse que, tout absorbée dans ses pensées, elle était réellement sourde aux propos galants qui se murmuraient à son oreille.

A quoi donc pensait Rosette ?

A quoi ? Rappelez-vous les soupçons de mademoiselle Jeanne. Et Jeanne avait deviné juste.

Rosette aimait. Et elle se livrait de toute son âme à ce premier amour, le seul vrai, quoi qu'on en puisse dire.

Elle avait vraiment bien trop de choses dans la tête et dans le cœur pour s'inquiéter de ce qui se passait autour d'elle.

N'allait-elle pas chez celui qu'elle adorait en secret, celui dont le souvenir remplissait son petit cœur à le faire éclater, dont l'image était constamment présente devant ses yeux.

Douce griserie que peuvent seuls comprendre ceux qui ont vécu ces heures que toute une vie ne saurait faire oublier.

Puis, tout à coup une crainte la prenait : s'*il* allait être sorti, si elle n'allait pas *le* rencontrer ?

A cette idée, elle pressait encore davantage le pas. Le trajet n'était pourtant pas long, du coin de la rue de Lourcine à la place du Panthéon et malgré cela elle trouvait interminable cette froide rue d'Ulm que bien souvent, dans ses rêves, elle avait comparée en elle-même à la route du paradis...

Enfin elle est arrivée.

Elle s'adresse au garçon de l'hôtel. Car M. Raoul, nous avions négligé d'en avertir le lecteur, habite en garni à l'*Hôtel des Grands Hommes*.

— M. Estibal est-il chez lui ?

— Je n'en sais rien, mademoiselle, fait, sans se déranger, le garçon, occupé à balayer le bureau.

Puis, après un regard jeté sur le tableau où l'on accroche les clés des chambres :

— Sa clé n'est pas au clou. Mais ce n'est pas une raison pour qu'il y soit. Il l'emporte souvent dans sa poche.

Rosette, pendant ce colloque, sent ses jambes fléchir sous elle.

— Du reste, continue tranquillement le garçon en reprenant son balai, montez si vous voulez ou laissez votre linge au bureau. On le lui remettra.

Mais Rosette n'a garde de se faire répéter l'invitation. Elle gravit les premières marches en balbutiant au garçon :

— J'aime mieux le voir lui-même... à cause de la petite note.

En deux bonds elle est au second étage et frappe timidement à la porte de Raoul, serrant contre elle son paquet pour comprimer les battements de son cœur.

— Qui est là ? fait une voix bien connue.

— C'est moi, Rosette, répond la jeune
fille dont la joie rend la voix tremblante.

A peine a-t-elle achevé ces mots, qu'une
clé grince dans la serrure. La porte s'ouvre
et Rosette, lâchant son paquet qui s'épar-
pille sur le tapis, se précipite vers celui
qu'elle aime.

Mais elle recule tout à coup en rougis-
sant jusqu'au blanc des yeux, car elle vient
de s'apercevoir que Raoul n'est pas seul.
Un de ses amis qu'elle a déjà rencontré plusieurs fois chez le jeune homme, est là qui
la contemple railleur.

Sans se rendre compte de ce qu'elle
éprouve, elle détourne son regard de celui
de cet homme dont la vue lui cause une
répulsion irraisonnée et involontaire.

Celui-ci cependant la salue avec une politesse un peu affectée et se retire aussitôt
en serrant la main de Raoul auquel il mur-
mure, assez haut pour être entendu de la
jeune fille :

— Je te laisse, mon cher... Mes compliments... Un vrai morceau de roi.

Mais sitôt que le bruit de pas du visiteur
s'affaiblit au dehors, Raoul entoure de son
bras la taille souple et frémissante de la
petite Reine.

Il la contemple avec des yeux si pleins
de tendresse, qu'elle est obligée de baisser
les paupières devant le jet quasi magné-

tique de son regard et se sent envahie par une torpeur très douce.

Lui, resserre son étreinte; leurs lèvres se cherchent machinalement, se trouvent, se collent et pendant une longue minute, ils ne font plus qu'un seul être, confondus dans un baiser brûlant.

Lorsque Raoul put enfin parler, il lui prit les deux mains et l'attirant vers lui, il murmura tout bas :

— Tu es bonne d'être venue !

Elle ne lui répondit pas, un peu troublée, tout d'abord et interloquée de ce qu'il la tutoyât.

Elle se remit tout de suite, cependant, trouvant, après tout, cela très naturel de sa part et répondit en lui souriant tendrement :

— Maman voulait envoyer Agathe. Mais j'ai demandé à venir. Songez donc ! il y avait une semaine que je ne *vous* avais vu.

Elle lui dit cela timidement, comme si elle eût craint de lui dire combien elle l'aimait, mais bien aise de le lui laisser deviner.

— Tu m'aimes donc ? dit-il avec passion.

Pour toute réponse elle lui tendit son front à baiser dans un geste de chasteté exquise.

Mais ce baiser de frère ne suffisait plus à Raoul. C'étaient ses lèvres qu'il voulait, ses lèvres encore, ses lèvres toujours. Et il la reprit par la taille, l'entourant cette fois de ses deux bras.

Combien de temps restèrent-ils ainsi enlacés ? Ils auraient eux-mêmes été bien en peine de le dire, tant ils avaient perdu la notion, elle de ce qui n'était pas *lui*, lui de ce qui n'était pas *elle*.

Rosette se sentait envahie à nouveau par cette espèce de langueur qu'elle avait déjà éprouvée en franchissant le seuil de cette chambre d'hôtel où les vieux meubles défraîchis par l'usage, mais encore imprégnés des parfums les plus hétéroclites, attestant les goûts différents des locataires successifs, remplissaient l'atmosphère de vagues et enivrantes odeurs qui la grisaient.

Elle se sentait vaincue sans pouvoir lutter et elle éprouvait le besoin irrésistible de se laisser glisser sur la pente d'un mystérieux inconnu que son innocence l'empêchait de concevoir d'une façon nette et précise...

Mais, tout à coup, elle se redressa, ouvrit les yeux qu'elle avait à moitié clos et s'écarta de Raoul dans un brusque élan d'inconsciente pudeur.

Il lui semblait qu'une sorte de conspiration entre Raoul et les vieux meubles aux parfums rancis se tramait contre elle.

Elle ne comprenait pas bien le danger qu'elle avait couru, mais un instinct vague l'avertissait qu'il était périlleux de s'abandonner ainsi entre ses bras.

Alors, pour cacher son trouble. et comme Raoul la regardait, surpris d'être ainsi repoussé, elle s'approcha vivement de la fenêtre et l'ouvrit, malgré le geste de protestation qu'esquissa le jeune homme.

La fenêtre avait vue sur la place du Panthéon. Elle s'accouda à la barre d'appui et se mit à regarder ce qui se passait au dessous d'elle.

Juste à ce moment une noce sortait de la mairie du Ve arrondissement.

Le marié, tout raide et guindé dans sa redingote neuve qui devait le gêner aux entournures, serrait fièrement sous son bras celui de sa jeune compagne atourée qui répondait par des sourires aux compliments des gens de la noce.

Rosette était troublée en regardant cette scène qui lui parut comme un reproche indirect de sa conduite pendant cette minute suprême où elle avait failli succomber. Elle s'imaginait voir les fleurs de la couronne et du bouquet d'oranger de la nouvelle épousée — symbole qu'elle ne saisissait pas bien, mais qu'elle devinait à moitié — se cacher, parce qu'elle les regardait, sous leurs feuilles de papier vert verni.

Et elle se sentit prise d'une grande honte d'elle-même.

Elle n'osait plus fixer les yeux sur Raoul, qui, debout à côté d'elle, regardait d'un œil indifférent cette scène sur laquelle le voisinage de la mairie l'avait dès longtemps blasé.

Quand tous les gens de la noce se furent comptés et que le marié se fut assuré qu'on était au complet, ils se formèrent sur deux files, chacun offrit le bras à sa commère et, les époux en tête, la noce défila sous les fenêtres de l'hôtel ; puis, après avoir hésité sur la route à prendre, elle descendit la rue Soufflot, au tournant de laquelle elle disparut.

Rosette poussa un soupir de soulagement. C'était comme un poids qu'on lui ôtait de dessus la poitrine.

Alors seulement elle se hasarda à lever les yeux sur son complice qui roulait tranquillement une cigarette sans avoir l'air de partager ses remords.

Raoul Estibal était un charmant garçon de vingt-trois ans à peine.

Très brun, le type du méridional pur-sang, plutôt petit que grand, la lèvre supérieure ombragée d'une fine moustache, ce qui frappait surtout dans sa physionomie était le regard, que deux grands yeux bleu foncé rendaient à la fois d'une douceur extrême et d'une profondeur extraordinaire.

Orphelin tout jeune, il avait été recueilli et élevé par un sien oncle frère de son père, qui habitait Marseille.

Après de brillantes études dans cette ville, il était venu faire son droit à Paris.

Licencié en trois ans, le minimum du temps nécessaire pour acquérir ce grade, Raoul, sitôt reçu, s'était fait inscrire au barreau de Paris et, depuis un an environ, il exerçait la libérale, mais peu lucrative profession d'avocat stagiaire.

Comment avait-il connu Rosette? La chose est fort simple.

Un jour (il y avait de cela six mois à peine), elle était venue par hasard lui rapporter son linge qu'il donnait à blanchir chez la mère Graindor dont il était le client depuis qu'il habitait Paris.

La blonde enfant l'avait fasciné par sa grâce mignonne, tout comme elle avait courbé sous son joug Auguste et Théodore.

Mais, plus heureux que ces derniers, le jeune avocat avait su se faire payer de retour.

Est-ce à dire qu'il fût un roué en amour?

Nullement. Inhabile à tourner un madrigal, Raoul, le premier jour, n'avait adressé à la gentille blanchisseuse qu'un seul regard, long et pénétrant. Mais elle avait compris ce que signifiait ce muet langage où les yeux sont vraiment le miroir de l'âme.

Elle était rentrée tout émue de ce regard et n'avait pas dormi de la nuit.

Le lendemain, elle aimait le jeune homme avec toute la fougue d'une première passion qui ignore les réticences et les coquetteries du cœur.

Depuis ce jour, sous un prétexte ou sous un autre, elle avait toujours obtenu de sa mère d'adoption, à qui elle n'avait eu garde de confier le secret de son amour, d'aller prendre et rapporter le linge du jeune avocat.

Ah ! comme ils attendaient avec impatience le jour bienheureux du rendez-vous ?

Et pourtant, leur liaison était toujours restée chaste, quoique Raoul, sans être un séducteur de profession, fût loin d'être aussi novice en la matière que la petite Reine du lavoir. Mais il éprouvait en présence de cette enfant, une impression de respect indéfinissable. Et lui, qui ne connaissait l'amour que par les vénales et banales intrigues avec les belles petites du quartier Latin, il se sentait comme purifié par les baisers candides de cette vierge.

CHAPITRE IV

Rosette cependant s'était remise à regarder sur la place, et avec un nouvel intérêt.

Cette fois c'était un baptême qui, avant que de se rendre à Saint-Etienne-du-Mont, passait à la mairie pour faire en même temps la déclaration de naissance.

Raoul de son côté semblait prêter quelque attention à ce spectacle qui, pour la première fois, faisait naître en lui un courant d'émotions nouvelles.

A la fin, ne pouvant trouver que cette phrase, qui fût comme la synthèse des différentes impressions qu'il ressentait, il murmura à l'oreille de Rosette :

— C'est gentil un baptême... plus gentil qu'une noce.

Il souriait en disant cela et la regardait avec des yeux brillants comme pris du désir subit de la paternité.

Rosette rougit et balbutia quelques mots inintelligibles.

Pourquoi rougissait elle ainsi ?

Elle-même n'eût su l'expliquer; et presque aussitôt, honteuse de sa honte, elle se mit à sourire comme lui en le regardant fixement.

On eût dit qu'un nuage se dissipait peu à peu dans son esprit, qu'elle commençait à comprendre que l'amour a d'autres aspects que ceux qu'elle s'était jusque-là plu à contempler dans ses rêves.

Elle saisit le bras du jeune homme et se serra contre lui en se baissant un peu, avec le frôlement doux d'une chatte qui fait ronron.

Lui, la regardait tout attendri et caressait de la main les boucles soyeuses de sa jolie tête couleur d'épis mûrs, dorée comme une moisson d'août.

Mais Rosette se ressouvint tout à coup que le temps passait.

— Mon Dieu! s'écria-t-elle, voilà bien trois grands quarts d'heure que je suis partie de chez nous. Il faut que je vous quitte, Raoul. Que dirait maman Graindor ?

En disant ces mots elle s'éloignait de la fenêtre que Raoul ferma, sans qu'elle y prît garde, et se dirigeait vers la porte pour s'en aller.

Mais Raoul la retint par le bras.

— Quoi! lui dit-il d'un ton de reproche, tu pars sans me laisser un baiser? fi! que c'est laid, mademoiselle!

— J'ai si peur d'être grondée! murmura-
t-elle.

Elle mentait en disant cela, car elle savait
bien que la blanchisseuse aurait préféré
s'avaler la langue que de lui adresser un
mot de reproche.

Mais elle cherchait un prétexte pour fuir
au plus vite.

Elle se sentait reprise d'une crainte inex-
primable depuis quelques instants.

Pourtant elle n'osa lui refuser ce baiser
qu'il réclamait, bien qu'elle sentît, tout au
fond d'elle-même, quelque chose lui dire
qu'elle avait tort.

Mais elle faisait taire cette voix intérieure.
Quel mal faisait-elle, après tout? Quoi de
plus naturel que d'aimer qui nous aime et
de le lui prouver ?

C'est par ces arguments spécieux qu'elle
réfutait victorieusement les avertissements
de cette voix cachée qui lui montrait l'a-
bîme sous les fleurs.

Il était probablement écrit que Rosette
devait rouler au fond, car en bien moins
de temps qu'il n'en a fallu pour analyser
ces combats entre son cœur et sa raison,
elle était dans les bras du jeune homme.

Celui-ci la tenait étroitement captive, au
point qu'elle ne pouvait faire un mouvement. Il baisait avec une ardeur folle les
petites mèches blondes qui frisottaient sur

sa nuque, et chaque fois que ses lèvres ef-
fleuraient le cou de la jeune fille, elle était
prise d'un petit frisson convulsif.

Sans la lâcher, il se recula de quelques
pas, rencontra derrière lui le divan et s'y
laissa choix par un brusque mouvement, de
sorte que Rosette se trouva sur ses genoux.

Elle lui avait passé les bras derrière la
tête et, grisée de nouveau par les pénétran-
tes senteurs de la chambre garnie, qui par-
couraient toute la gamme des parfums de
toilette, depuis le fade patchouli jusqu'aù
suave ylang-ylang, elle laissait aller sa tête
sur son épaule, secouée dans tout son être
par une vibration inconnue à chaque baiser
qui lui brûlait la nuque.

Bientôt Raoul devint plus pressant encore...

Mais elle n'essaya que mollement de se
dégager. Elle se sentait entre ses mains
comme une cire molle, quoique ayant conscience que sa volonté propre s'annihilait
peu à peu.

Alors, doucement, il la souleva de dessus
ses genoux et lui releva la tête.

Elle comprit que l'instant était suprême;
mais elle n'eut pas la force de soutenir son
grand regard clair qui avait l'air de sup-
plier et elle ferma les yeux, s'abandonnant,
tandis qu'il lui susurrait tout à fait dans
l'oreille :

— Je t'aime !... je t'aime !... je t'aime !

En une seconde elle revit comme un éclair dans sa mémoire la noce et le baptême de la mairie et, tout d'un coup, comprit ce quelque chose d'intermédiaire qu'elle n'avait pas saisi jusque-là.

Elle poussa un cri de terreur et se dressant soudain sur ses pieds, elle s'enfuit vers la porte avec la légèreté d'une biche, dans un élan sublime de pudeur inconsciente d'elle-même.

En deux bonds elle était sur la place, au grand ébahissement du garçon d'hôtel, qui frottait toujours son plancher avec la lenteur méthodique d'une personne payée au mois, et qui la vit passer comme un éclair.

Elle voulut d'abord reprendre le chemin qu'elle avait suivi pour venir. Mais, à peine eut-elle fait quelques pas qu'elle comprit, à la fraîcheur de l'air qui lui fouettait les tempes, que ses joues devaient être en feu.

Il était imprudent de rentrer en cet état si elle voulait éviter les soupçons de sa mère adoptive et surtout les propos désobligeants de mademoiselle Jeanne.

Elle se décida donc à aller passer quelques instants dans le jardin du Luxembourg, le temps de se remettre et de calmer ses nerfs, surexcités à l'excès.

Avant de tourner le coin de la rue Soufflot, elle se retourna et regarda en l'air, du
côté de l'hôtel. Raoul était à son balcon et
la contemplait d'un air rêveur. Il lui jeta
un baiser, en lui faisant un signe de tête ;
elle y répondit, du bout des doigts seulement, pour n'être point remarquée des pas-
sants, mais voulant lui prouver qu'elle l'aimait toujours.

Puis elle s'éloigna, heureuse de sa vertu
gardée.

Comme elle arrivait au Luxembourg, un
jeune homme, qui passait à côté d'elle, la
salua, en levant légèrement son chapeau.

Étonnée, elle se retourna et reconnut l'a-
mi de Raoul, qu'elle venait de rencontrer
chez ce dernier. Elle ne répondit pas à son
salut et pressa le pas.

Pendant quelque temps elle se promena
dans le jardin public, sous les marronniers
qui commençaient à reverdir sous la pous-
sée de sève printanière.

Puis elle alla voir les cygnes qui prenaient
leurs ébats sur le grand bassin, et s'assit
enfin sur un banc près de la fontaine de
Médicis.

Elle y demeura longtemps immobile et
pensive.

Le tintement de l'horloge au palais du
Sénat la tira de sa rêverie. Elle se leva
brusquement et se dirigea rapidement

vers la grille, en traversant l'allée des Veuves.

Au moment où elle débouchait sur le boulevard elle remarqua un individu qui, le dos tourné, une serviette en maroquin sous le bras, était arrêté sur le trottoir. De temps en temps il martelait du talon le bitume avec impatience. Évidemment il attendait quelqu'un.

Rosette allait passer sans accorder à ce manège plus d'attention qu'il ne convenait quand l'inconnu se retourna, c'était encore l'ami de Raoul, celui qui l'avait saluée une heure auparavant.

De son côté celui-ci l'avait aperçue. Il fit vivement quelques pas vers elle.

— Eh! fit-il d'un ton légèrement persifleur, ce sont encore les amours de notre beau ténébreux.

Rosette rougit et ne répondit pas.

Fidèle aux recommandations de la blanchisseuse, elle allait continuer sa route, quand le jeune homme ajouta :

— Vous passez bien fière, aujourd'hui, *madame Raoul !*

Il avait mis dans ces deux derniers mots une telle intonation que Rosette en fut troublée. Elle s'arrêta malgré elle, toute tremblante.

Il poursuivit, s'enhardissant, d'une voix qu'il voulait rendre mielleuse :

— Mais oui, mon ange, je sais tout. Raoul m'a tout conté. Mais soyez tranquille, je n'abuserai pas des confidences qu'il m'a faites. Je serai discret, et vous, en retour, vous serez gentille, n'est-il pas vrai ?

La jolie blanchisseuse ne comprit pas le marché infâme que cachait cette phrase insignifiante pour elle. Mais elle fut effrayée de voir son interlocuteur lui prendre cavalièrement le bras et se mettre à marcher à ses côtés.

— Je vous en prie, monsieur, fit-elle d'un ton suppliant. Si l'on nous rencontrait ?...

Il se méprit sur ces paroles :

— Vous avez raison, ma toute belle, répondit-il. Vous n'êtes pas dans une toilette... Mais, dès demain, vous aurez ma pratique. Où demeurez-vous ?

— Rue Mouffetard, 55, répondit-elle, sans réfléchir, heureuse d'être délivrée de ce jeune homme qui lui inspirait une antipathie insurmontable.

— A demain, fillette, dit-il, en s'éloignant après lui avoir décoché une œillade qu'il jugeait assassine.

Dès qu'elle fut seule, la petite Reine du lavoir reprit le chemin de l'atelier, songeant malgré elle à cette rencontre dont elle se promit de parler à Raoul, quoiqu'elle fût loin de soupçonner le parti que voulait tirer son « ami » du secret qu'il possédait.

Elle ne s'inquiétait déjà plus des propos de ce Lovelace quand, à deux cents pas de la blanchisserie, un jeune homme en blouse, coiffé d'une casquette de soie, se détacha de la terrasse d'un marchand de vin, où il était assis, et lui barra le passage.

Elle poussa un petit cri ; mais, se rassurant aussitôt :

— Tiens, c'est vous, Théodore, dit-elle. Que me voulez-vous ?

Le garçon boucher, car c'était lui, l'amoureux malheureux de la gentille Rosette, se campa devant elle sans mot dire. Son encolure était herculéenne. Il devait être terrible dans ses colères.

Pour le moment, il essayait de se maîtriser, ayant honte, sans doute de son emportement en face de cette frêle créature pour qui il aurait tué un homme, si elle lui en eût seulement fait le signe.

— Que me voulez-vous ? répéta-t-elle.

Il eut comme un sanglot dans la voix.

— Ainsi, dit-il, vous ne voulez pas de moi ?

Elle hocha la tête, sans répondre.

Il poursuivit en serrant les dents :

— C'est l'autre que vous aimez, n'est-ce pas ?

Et s'excitant peu à peu :

— Qu'il prenne garde, ajouta-t-il ; ça lui portera malheur !

Et il rentra chez le marchand de vin, dont il ferma avec fracas la porte du magasin.

Rosette tremblante n'avait pas fait un mouvement. Elle n'osait respirer.

Dès qu'elle eut vu la porte vitrée se refermer derrière Théodore, elle se mit à courir de toutes ses forces jusqu'à l'atelier où elle arriva hors d'haleine.

Madame Graindor était seule à l'attendre. Les ouvrières étaient parties déjeuner.

— Qu'as-tu ? lui demanda-t-elle en la voyant tout essoufflée. Tu as été bien longtemps ?

— C'est, répondit la petite, que M. Raoul n'était pas chez lui. J'ai déposé le linge au bureau de l'hôtel et je suis allée faire un tour de promenade en l'attendant. J'ai vu Théodore, poursuivit-elle, heureuse de changer le cours de la conversation. Oh! que j'ai eu peur!

— Pourquoi donc ?

Rosette raconta alors à sa mère adoptive la rencontre qu'elle venait de faire et les menaces que le garçon boucher avait proférées contre le fils du patron de lavoir.

La blanchisseuse ne fit qu'en rire.

— Oh! moi, je suis bien sûre qu'il ne me fera rien! Mais à Auguste !...

Maman Graindor ne répondit pas, mais elle se dit en elle-même :

— Est-ce que la petite aimerait l'héritier du père Belon ?... Je m'en doutais presque.

On voit qu'elle était assez loin de compte.

CHAPITRE V

Le lendemain de ce jour, vers huit heures du matin, Oscar Cendrinettes, reporter au journal *la France*, sortait de chez lui, en quête d'une invitation à déjeuner et de nouvelles à sensation qui lui permettraient de dîner le soir et jours suivants.

Boutonné dans son pardessus râpé, les mains enfouies dans les poches, il marchait en rasant les maisons et faisait en lui-même ce soliloque plein d'intérêt :

— Les temps sont durs. La littérature est dans le marasme... Pourvu, au moins, que j'arrive à temps pour pincer Raoul au lit et déjeuner avec lui. Car je me suis mis en tête de déjeuner aujourd'hui, et je déjeunerai, morbleu !

Tout en raisonnant de la sorte, il arpentait l'avenue des Gobelins. Cendrinettes habitait place d'Italie.

Que si un lecteur curieux de sa nature s'avise de me demander pourquoi le jeune journaliste était allé se loger si loin de son

journal, presque aux antipodes de la rue
Montmartre, je le prierai de se rappeler les
aphorismes naguère formulés par Oscar, à
savoir : que les temps étaient durs et les
logements bon marché près des fortifica-
tions.

Arrivé au carrefour des rues Monge,
Mouffetard et des Feuillantines, Cendrinettes hésita un instant sur la route qu'il
allait prendre.

— Voyons, fit-il, une minute peut être
précieuse, Raoul étant fort matinal. Quel
est le plus court chemin pour gagner le
Panthéon ?... C'est évidemment la rue Mouffetard.

Et sans plus tergiverser, il s'engagea dans
la rue qui, large encore à cet endroit, allait
d evenir tortueuse et montante :

— Il y a bien, continua-t-il, poursuivant
ses réflexions, une autre route pour arriver
au Panthéon : c'est d'être un grand homme !
Mais c'est le chemin le plus long et on n'y
arrive qu'après sa mort... Tiens ! tiens !
murmura-t-il, caressant son mot, il y a
peut-être là-dedans une « nouvelle à la
main »... En arrangeant ça, on en tirerait
bien toujours quelques sous ! C'est à voir.

Pressé d'arriver, il grimpait, tête baissée,
la pente raide de la rue, peut-être la plus
peuplée de Paris, sans faire attention aux
gens qu'il coudoyait sur son passage, quand

tout à coup il fut obligé de ralentir son allure à cause de la foule.

Il releva la tête et s'aperçut qu'il se trouvait au milieu d'un rassemblement qui barrait complètement la rue.

Aussitôt son instinct de reporter prit le dessus et imposa silence aux cris de son estomac vide.

Oscar flaira dans ce rassemblement un fait-divers pour le soir même. Mais la chose valait-elle la peine qu'on risquât son déjeuner à l'approfondir ? Là était la question.

A trois sous la ligne, y en avait-il pour un modeste *vingt-deux sous* — vin compris, pain à discrétion ? Ou bien n'était-ce qu'un vulgaire chien écrasé, un malheureux suicidé ou une simple dispute entre ivrognes ?

Tel était le point qu'il fallait éclaircir.

Le reporter prêta donc une oreille attentive aux conversations de ses voisins.

Mais il ne put rien saisir qui le mît sur la piste, sinon que ces gens n'en savaient pas plus que lui et que, s'ils restaient là, plantés sur la chaussée, c'était uniquement par curiosité, pour essayer d'apprendre quelque chose.

Oscar se fit aussitôt ce raisonnement qui, on l'avouera, ne manquait pas d'une certaine justesse :

— Pour qu'il y ait tant de monde arrêté devant une maison où l'on ne voit rien du tout, il faut qu'apparemment ce qu'il y a à voir se trouve dans la maison. Sachons ce que c'est.

Il se mit donc à fendre résolument la foule.

Comme il arrivait presque à son but, il entendit une grande femme maigre qui disait à sa voisine :

— Moi, je reste encore ! le commissaire n'est pas encore parti.

Le commissaire ! Cendrinettes eut un éblouissement !

Le commissaire était là ! Donc, c'était quelque chose de sérieux ! Au moins un vol, peut-être un crime, car ce n'était pas un feu, les pompiers brillant par leur absence.

Plein d'allégresse, le jeune reporter reprit sa marche en avant, bousculant sans pitié ceux qui se trouvaient sur son passage.

Quand il eut fendu les derniers rangs, il aperçut un sergent de ville placé en faction devant la porte d'entrée d'une maison dont il nota dans sa mémoire le numéro : 55.

Le gardien de la paix qu'Oscar, à cause de sa petite taille, n'avait pu jusque-là distinguer, marchait de long en large d'un pas cadencé sur le trottoir, très étroit à cet endroit, en répétant pour l'acquit de sa conscience, d'une voix monotone :

— Circulons, s'il vous plaît, messieurs. Circulons !

Nous ajoutons : pour l'acquit de sa conscience, parce que la foule avait autant l'air de s'inquiéter des avertissements de l'agent que si celui-ci se fût adressé à des sourds.

En un saut Oscar fut près du gardien de la paix, son carnet dans la main gauche, son crayon dans la dextre, prêt à prendre des notes.

— Que se passe-t-il ? demanda-t-il fiévreusement.

L'agent, un grand gaillard qui portait d'énormes moustaches à la Victor-Emmanuel, se retourna à cette question et toisa, d'un air pénétré de l'importance de ses fonctions, le gringalet qui lui posait cette question d'un ton aussi bref quoique ayant la tête de moins que lui.

Après avoir détaillé d'un long regard le pardessus montrant la corde, les chaussures vierges de cirage et le *haut de forme* roussi par le temps de son interlocuteur, il daigna lui répondre enfin avec un calme tout britannique :

— Qu'est-ce que ça peut vous faire ?

Cendrinettes fut (qu'on nous passe le mot) tellement *épaté* de cette réponse qu'il ne trouva rien à répliquer et resta bouche bée.

Il fallut que l'agent lui répétât :

— De quoi vous mêlez-vous?

Du coup, Oscar bondit.

Il était d'autant plus vexé que les gens qu'il avait bousculés pour arriver à la porte de la maison et qui ne l'avaient laissé passer que le prenant pour un employé du commissariat, riaient maintenant à gorge déployée de la façon hautaine dont l'agent le recevait.

Quelques-uns même, des grincheux, ne se privaient pas de faire tout haut des remarques dans ce goût-ci :

— Oui, de quoi se mêle-t-il, ce *foutriquet*-là?

— C'est haut comme ma botte, et ça fait encore des embarras!

— Regardez-moi donc son paletot fripé. Il couche avec, bien sûr!

— Ce que le *sergot* l'a *remisé !*

J'en passe, et des meilleures.

Oscar n'en entendit pas davantage. Son visage, naturellement pâle, devint rouge comme la crête d'un jeune coq.

Il répliqua vertement au gardien de la paix :

— Vous pourriez essayer d'être un peu plus poli!

— De quoi! de quoi! fit l'agent, qui fut d'abord un peu surpris.

Mais, se sentant soutenu par les rires du

public, il saisit le petit homme par le bras
et le poussa en bas du trottoir en répétant :

— Allons ! circulons ! Et plus vite que
ça !

Le jeune reporter, rendu furieux par
cette brutalité et par les sarcasmes de la
foule que cette scène amusait au plus haut
point, revint immédiatement à la charge :

— Vous ne savez pas à qui vous parlez,
rugit-il.

Et se redressant de toute la hauteur de
son petit corps, il ajouta :

— Je suis journaliste !

En disant ces mots, il tirait fièrement de
son calepin sa carte de rédacteur et la
fourrait sous le nez du sergent de ville.

Mais celui-ci se fâcha tout rouge :

— Ah ! vous êtes *journalisse ?* C'est vous
qui éreintez tous les jours la police dans
vos *canards*. Eh bien ! mon petit, vous pouvez ramasser votre carnet. Si vous voulez
des renseignements, allez à la Préfecture.
Il y a un bureau pour ça. Ça n'est pas moi
qui vous les donnerai.

Et il lui tourna le dos.

Oscar Cendrinettes restait sur le trottoir
visiblement embarrassé; il se demandait
tout inquiet comment il allait faire pour
traverser de nouveau cette foule hostile
qui ricanait.

De plus il était furieux et navré d'avoir perdu les fruits de la peine qu'il avait prise pour arriver jusque-là. Il ne trouverait certainement plus chez lui son ami. Il perdait donc à la fois l'espoir de déjeuner et un fait-divers dont la primeur aurait émotionné tout Paris, maintenant il en était convaincu.

L'agent en revenant sur ses pas le tira de ces rapides réflexions.

— Allez-vous filer, à la fin ! ou je vous *colle* au *bloc !*

Le reporter, se rappelant que, en matière de police, la force prime le droit, se recula de quelques pas.

Tout à coup il entendit une voix sympathique qui disait derrière lui, d'un ton bienveillant :

— Ah ! monsieur est journaliste ?

Il fit volte-face et aperçut sur le seuil d'une boutique grillée dépendant de la maison voisine, un gros homme barbu qu'à ses joues rebondies et sanguines, à son tablier taché et surtout à la guirlande de gigots qui se balançaient au-dessus de sa tête, il reconnut immédiatement pour le patron de la boucherie.

— Oui, monsieur, répondit-il, et la malveillance de cet agent m'empêche de faire mon métier.

— Je pourrais, peut-être, vous donner quelques renseignements, insinua le boucher, ravi de trouver un auditeur de cette importance et caressant une idée que nous connaîtrons tout à l'heure.

— Je vous en serais bien reconnaissant, répondit vivement Cendrinettes, qui sentit, à ces bonnes paroles, renaître l'espoir qui l'abandonnait.

— En ce cas, veuillez entrer, monsieur. Mais permettez auparavant que je mette hors de la portée de cette foule qui grossit à chaque minute mes biftecks et mes côtelettes. Car je suis seul, aujourd'hui : Théodore, mon garçon, m'a brûlé la politesse.

Le reporter entra. Sur un grand comptoir de bois brun, en forme de socle, il vit ces mots gravés en lettres d'or sur une plaque de marbre blanc :

EUGÈNE MACHINOT

En un tour de main, le patron de la boucherie eut débarrassé le devant de son étalage. Quand ce fut fini, il poussa à demi la grille qui servait de fermeture à la boutique, la laissant seulement entrebâillée. Puis il commença en ces termes, tandis qu'Oscar prenait rapidement des notes :

— Mon cher monsieur, je bénis le hasard qui me permet de vous donner quelques renseignements. Car, j'en suis persuadé, vous n'oublierez pas dans votre article de dire à vos lecteurs d'où vous les tenez et vous indiquerez mon nom et l'adresse de ma maison.

Cendrinettes s'inclina en signe d'acquiescement.

Il avait compris l'idée secrète du boucher. Celui-ci voulait tout simplement se faire payer ses services en réclame à la troisième page du journal.

— Vous pourriez même, insista Machinot, annoncer que je serai candidat aux prochaines élections municipales.

Ce boucher était pétri d'ambition.

— C'est entendu, répondit le reporter, disposé à faire toutes les concessions.

Le patron de la boucherie poursuivit alors son récit.

. . . .

Le soir, sur les boulevards, on entendait ce cri, répété par tous les vendeurs du journal auquel écrivait Cendrinettes :

— Demandez *la France !* Le double crime de la rue Mouffetard. Horribles détails! demandez *la France !* Dix centimes !

Et les acheteurs pouvaient lire, à la troisième page, en tête des faits-divers, l'entrefilet suivant, dû à une plume que l'on reconnaîtra sans peine :

« Ce matin une foule émue et sans cesse grossissante, stationnait devant la maison portant le numéro 55 de la rue

Mouffetard, attendant avec impatience la sortie de M. Noiraud, commissaire de police du quartier de la Sorbonne.

« L'honorable magistrat s'y livrait à un commencement d'enquête sur un double crime commis hier soir dans ladite maison et accompagné de circonstances mystérieuses qui ont jeté l'épouvante dans tout le voisinage.

« Voici les faits :

« Vers onze heures du soir, une locataire du numéro 55, jeune et jolie blanchisseuse de seize ans, nommée Rosette G..., rentrait chez elle, son ouvrage terminé, quand elle fut assaillie et saisie dans l'ombre, à bras le corps, par un inconnu, masqué d'un loup de velours noir et enveloppé d'un long manteau, qui la terrassa et la bâillonna d'un mouchoir pour étouffer ses cris.

« Après une courte résistance, il parvint à la renverser sur une marche de l'escalier. On ne devine que trop dans quel horrible dessein.

« Le public nous saura gré de lui épargner des détails.

« Qu'il nous suffise de dire que l'odieux crime allait être consommé quand la jeune fille réussit à arracher le bâillon qui lui couvrait la bouche et parvint à appeler au secours.

« Le misérable, auteur de cet attentat, voulut alors s'enfuir.

« Mais, au moment où il débouchait de l'allée, un jeune homme qui entrait, ayant entendu les cris de la victime, lui barra le passage.

« Mal lui en prit. Une seconde après il roulait à terre, baigné dans son sang.

« A l'heure où nous écrivons ces lignes, le malheureux a payé de sa vie son acte de dévouement.

« Il s'appelle Auguste B..., et serait, nous affirme-t-on, le fils du propriétaire d'un grand lavoir du quartier Latin. On suppose qu'il se rendait chez madame G..., mère de la jeune fille dont, paraît-il, il est le fiancé, quand il voulut arrêter le scélérat qui l'a traîtreusement frappé.

« On craint pour la raison de la jeune fille et de sa mère qui, depuis hier, donnent des signes d'aliénation mentale.

« Nous tenons ces détails d'une source certaine. Ils nous ont été confiés par un honorable négociant du quartier, ami de la famille G..., M. Eugène Machinot, boucher, 53, rue Mouffetard, un de nos futurs édiles.

« L'auteur de ce double crime, encore inconnu, est activement recherché.

« Rappelons, en terminant, que tout le monde a été indigné de la brutale grossièreté avec laquelle le gardien de la paix, portant le n° 27 (V° arrondissement), placé ce matin en faction devant la porte d'entrée, s'est acquitté de ses fonctions.

« Nous le signalons à la sévérité de ses chefs. »

L'article se terminait là. Dans le même numéro, au rez-de-chaussée de la première page, sous la rubrique « Dernière heure », se trouvaient les lignes suivantes :

« *Le double crime de la rue Mouffetard.* — Nos lecteurs trouveront dans le corps du journal le récit de ce crime mystérieux.

« Nous apprenons, au moment de mettre sous presse, que la justice est sur les traces du coupable qui, présume-t-on, ne serait autre qu'un nommé Théodore M..., garçon boucher, habitant même rue, numéro 53, et qui, depuis le crime, a disparu de son domicile.

« C'est à la jalousie qu'il faudrait attribuer ces deux actes de sauvagerie. »

Il ne vint à aucun des lecteurs de *la France* l'idée de se demander comment le rédacteur de l'entrefilet en question avait pu constater que le criminel « encore inconnu » était « masqué d'un loup de velours noir et enveloppé d'un long manteau ».

Mais, hélas ! à part ces détails fantaisistes suggérés à Oscar Cendrinettes par son inépuisable imagination, le reste du fait-divers n'était que trop vrai.

Que s'était-il donc passé ?

CHAPITRE VI

Madame Graindor était en train de fermer
la boutique.

Elle avait fini fort tard sa journée, envoyé coucher Rosette, congédié ses ouvrières et elle s'apprêtait à quitter elle-même
l'atelier après avoir rangé le désordre de
l'établi et disposé sur les rayons le linge à
rendre le lendemain, quand tout à coup
un homme qu'elle connaissait seulement
de vue se précipita dans la blanchisserie.

A l'air attéré du nouvel arrivant, à ses
traits décomposés, à ses yeux hagards, au
trouble enfin que décelait toute sa personne, la blanchisseuse s'arrêta court, flai-
rant un malheur.

Hélas! qu'elle était loin de soupçonner
l'affreuse vérité!

— Qu'y a-t-il pour votre service, monsieur Leray? fit-elle retrouvant tout à coup
au bout de sa langue le nom de la personne qu'elle se rappela avoir coudoyée
quelquefois dans son escalier et qui était,

en effet, un de sos voisins de la rue Mouffetard.

Celui-ci voulut parler... son émotion
était telle qu'il ne put proférer un son. Sa
gorge contractée, resserrée, lui refusait son
office.

Il remua les lèvres, mais ne put bre-
douiller que des mots inintelligibles.

— Mais qu'y a-t-il? parlez donc !... interrogea de nouveau la mère adoptive de Rosette, dont ce silence inexplicable redou-
blait les transes et qui sentait son esprit en
proie aux plus cruels pressentiments.

Celui qu'elle avait appelé M. Leray, finit
par articuler d'une voix entrecoupée :

— Venez !... vite !... Rosette !...

— Grand Dieu ! gémit la maman Graindor
qui sentit comme un voile de feu lui passer
devant les yeux, que me dites-vous là ?...
Serait-il arrivé quelque chose à Rosette ?...

— Oui ! répondit le voisin d'un ton rauque.

— Mais quoi ?...

— Oh ! c'est trop épouvantable... Venez !...
Vous verrez...

On comprendra sans peine que ces réticences, ces phrases hachées, n'étaient pas
faites pour rassurer la bonne blanchisseuse.

— Je vous suis, fit-elle toute bouleversée.

Et sans même prendre le temps de poser
le dernier volet de sa devanture, celui qui
s'adapte à la porte qu'elle laissa large ou-

verte, elle suivit en courant le messager de malheur.

En route madame Graindor essaya de tirer de son guide quelques explications. Elle comprit tout de suite qu'il fallait y renoncer. Leray, à côté d'elle, ne desserrait pas les dents.

Ce qui la rassura un peu quand elle arriva devant la porte de sa maison, c'est qu'elle n'y vit point de gens rassemblés. Elle ne réfléchissait pas qu'à pareille heure tout le quartier dormait sur les deux oreilles et que nul ne s'inquiétait de ce qui se passait chez le voisin.

Mais, quand elle eut gravi le premier étage, elle s'arrêta, haletante et angoissée, voyant que l'escalier était plein de monde. Le voisin Leray l'avait laissé passer devant lui et il la poussait en silence. Pourtant il vit bientôt que le secours d'un homme serait nécessaire pour rompre la digue vivante qui barrait l'escalier. Il prit donc les devants en lui disant ces simples mots :

— Suivez-moi.

Puis, d'une voix qu'il essaya de rendre assurée, il continua en jouant des coudes :

— Faites place, s'il vous plaît, mesdames, c'est la mère de la victime.

La victime ! Ces mots tintèrent à l'oreille de la blanchisseuse plus funèbre que le glas des morts à Saint-Médard, les jours d'enterrement. Ses cheveux se dressèrent et un grand frisson la secoua, tandis qu'elle balbutiait, n'osant comprendre l'atroce vérité :

— La victime!... Rosette?... Mais de quoi, enfin ?

Personne ne répondit à sa question, mais tout le monde s'écarta pour lui faire place et, en moins d'une minute, elle fut au sommet de l'escalier, répétant toujours, demifolle, ne trouvant pas autre chose à dire :

— Rosette !... Ah ! mon Dieu ! Ah ! mon Dieu !...

Sur le palier, Leray fut obligé de la soutenir. La porte du logement était fermée à clé, pour arrêter le flot des curieux. Il l'ébranla de plusieurs coups de poing.

— Qui est là ? demanda une voix brève, à travers la porte.

— C'est la mère, monsieur le docteur, répondit le voisin.

La porte s'entrebâilla avec précaution. Une tête sévère, encadrée de cheveux et de favoris blancs, se pencha au dehors pour s'assurer *de visu* de la chose. Tout dans cette physionomie iudiquait un médecin.

Quand il eut reconnu madame Graindor et son guide, il ouvrit tout à fait et s'adressant à la foule des curieux qui se penchaient en avant pour mieux voir, il leur dit d'une voix impérieuse, tout en s'effaçant pour laisser passer la blanchisseuse

et le voisin qui pénétrèrent dans la cham-
.bre :

— Voyons, mesdames, messieurs. Des-
cendez, je vous en prie... Il n'y a rien à
voir ici... Allez dormir... Demain...

Un grand cri, parti de la chambre, vint
couper court à cette admonestation. Ce cri
était tellement déchirant, tellemeut lamen-
table que les paroles du docteur manquè-
rent totalement leur effet et qu'il dut battre
précipitamment en retraite et barricader
la porte pour empêcher la foule d'envahir
le logement de la mère de Rosette.

Comprenant que, décidément, ils ne ver-
raient rien, les curieux qui étaient au premier rang, le nez collé contre le panneau
de bois, se décidèrent à quitter la place,
manœuvre qui fut bientôt imitée par la
plupart de leurs compagnons.

Seuls, quelques obstinés persistèrent à
ne point s'en aller et grelottants, demi-vê-
tus, s'assirent sur les premières marches
pour attendre la suite des événements....

Que se passait-il pendant ce temps chez
la blanchisseuse ?

Le lecteur a deviné que le cri qui avait
interrompu le docteur dans son *speach* aux
curieux et aux commères et l'avait con-
traint à se retirer en bon ordre, avait été
poussé par madame Graindor.

C'est qu'en effet ses regards en entrant dans la chambre avaient été frappés par un spectacle horrible et bien fait pour inspirer la terreur.

Sur son grand lit de sangle un homme gisait inanimé, la face exsangue, les dents serrées et rigide comme un cadavre. Sa chemise entr'ouverte et qui laissait apercevoir un pansement fait à la hâte, était maculée de taches d'un rouge-brun noirâtre.

C'était du sang.

Sur la table de nuit, à côté d'un mouchoir de poche blanc se trouvait un poignard d'acier, en forme de dague, à la poignée ciselée et qui avait dû disparaître jusqu'à la garde dans la poitrine du malheureux étendu sur le lit, car la lame en était rouge de la pointe à la coquille.

La blanchisseuse, les yeux démesurément ouverts, n'osant respirer, contempla une seconde à peine cet horrible tableau. Elle se demandait si elle n'était point le jouet d'un affreux cauchemar quand soudain, dans l'angle obscur de la pièce, son regard tomba sur l'autre victime du drame sanglant dont elle venait d'entrevoir seulement une partie.

Sur le petit lit de fer qui lui servait de couche habituelle, Rosette, la jolie blan-

chisseuse, sa fille d'adoption, était étendue,
blanche comme une figure de cire.

On eût pu la croire morte, n'eussent été
les tressaillements presque imperceptibles
de tout son corps et les mouvements con-
vulsifs de ses lèvres blêmies, au coin des-
quelles frangeait une écume rougeâtre.

Mais ces signes de vie échappèrent à
madame Graindor.

Elle étendit les bras du côté du petit lit,
voulut y courir, appeler au secours, mais
ne put ni bouger ni pousser d'autre appel
que ce cri terrible qui avait retenti dans
toute la maison et elle tomba évanouie.

Le voisin Leray se trouvait par bonheur
derrière elle. Il la saisit dans ses bras juste
à point pour l'empêcher de se fracasser le
crâne sur l'angle de la cheminée et la plaça
sur un fauteuil où elle demeura privée de
sentiment.

Puis, brisé par tant d'émotions succes-
sives, sentant ses idées lui danser dans le
cerveau comme le papillon de gaz d'un ré-
verbère brisé à coups de pierre, lui-même
se laissa choir sur une chaise, la tête perdue
dans les mains.

Le vieux médecin n'avait pas une minute
quitté son sang-froid. Il alla au lit sur lequel était déposé le corps de l'homme as-

sassiné, mais il fronça les sourcils et secoüa la tête d'un air découragé.

Puis il s'approcha de la couche de Rosette et, après avoir observé avec attention pendant quelques instants, les contractions spasmodiques qui la secouaient, il lui tâta le pouls et fit une petite moue de satisfaction.

— Enfin, murmura-t-il, ici au moins il y a encore de la ressource.

Alors, sans même s'occuper de faire revenir à elle la blanchisseuse privée de sentiment, il se retourna vers Leray, toujours abîmé dans son accablement, et lui frappa sur l'épaule.

Leray sursauta comme si on lui eût tiré du canon à l'oreille.

— Un peu d'énergie, morbleu ! fit le docteur. On est un homme, que diable ! allons, levez-vous et courez chercher le commissaire de police.

Leray se leva comme un automate, en branlant la tête en signe d'acquiescement.

— Faites vite, continua le médecin. Vous savez où est le commissariat ?

Le voisin n'eut pas le temps de répondre. Un grand brouhaha se fit entendre sur le palier et trois coups secs furent frappés à la porte.

— Au nom de la loi, ouvrez !

C'était le commissaire, prévenu par la rumeur publique.

Comme il entrait, madame Graindor reprenait ses sens. Elle promena autour d'elle un long regard étonné et tout à coup, sans motif, partit d'un immense éclat de rire.

La malheureuse était folle !

DEUXIÈME PARTIE

MAXIME ET LORENTIN

CHAPITRE I

UN CONTRE CINQ CENTS

Il importe pour l'intelligence des faits qui vont suivre que le lecteur se reporte par la pensée de quinze ans en arrière.

Nous sommes aux derniers jours du mois de mai 1871.

Il n'appartient pas au romancier de se faire l'historien de cette dernière semaine. Les faits en sont encore trop près de nous. C'est la postérité qui jugera.

Mais un des héros de cette véridique histoire, qui n'a du roman que la forme, se trouva mêlé de trop près aux événements de cette époque terrible pour qu'il nous soit possible de détacher — pour ainsi dire — le portrait de son cadre.

Nous nous bornerons toutefois à relater,

dans la tragique épopée, les seules aventures qui lui furent particulières — sans appréciations ni commentaires.

Chacun sait que, alors que tout Paris était déjà tombé au pouvoir de l'armée de Versailles victorieuse, un seul point résistait encore, Belleville.

Le dernier dimanche de mai, à dix heures du matin, ce dernier boulevard des insurgés était pris à son tour.

L'insurrection était vaincue.

Et cependant, le canon grondait encore par intermittences, faisant la basse à des arpèges de fusillade très nourrie.

C'était la petite barricade de la rue Ramponneau qui résistait encore.

Là, chose inouïe, au milieu des morts, des blessés râlants, un homme, un seul, véritable titan, tenait en échec presque une armée.

Vêtu de l'uniforme de commandant fédéré, il chargeait et déchargeait sans relâche l'unique pièce de quatre qui, de toute la batterie, ne fût pas encore démontée, solidement encastrée qu'elle était dans son épaulement de pavés.

Trois fois la barricade de la rue de l'aris, déjà occupée par les vainqueurs, avait vu flotter sur sa crête les plis du drapeau tricolore. Trois fois la hampe avait été coupée net par un projectile de l'intrépide artilleur.

Les cheveux au vent, la face empourprée et ruisselante de sueur, le Parisien chargeait, pointait, tirait avec un sang-froid et un mépris du danger admirables, au milieu d'une grêle de balles qui sifflaient et ricochaient à ses oreilles.

Cela durait ainsi depuis plus d'une heure.

Tout à coup l'homme eut un rugissement de fureur. En fouillant le caisson éventré qui se trouvait à ses côtés, il venait de s'apercevoir que le caisson était vide. Plus de munitions. Il avait déjà brûlé sa dernière gargousse.

Au même instant une sensation de froid terrible le fit chanceler et il devint très pâle. Une balle venait de lui traverser le bras gauche.

Alors, sentant que tout était perdu, qu'il n'y avait plus rien à faire, alors seulement l'homme songea à son salut.

Son bras pendait inerte, trempé du sang qui dégoulinait de sa manche. Il comprit que ses forces allaient s'épuiser à chaque goutte.

Cependant les Versaillais, embusqués derrière la barricade en face, avaient aussi cessé leur feu. Ils se méfiaient cependant et n'osaient s'aventurer hors de leur abri, craignant que ce silence subit ne cachât quelque traîtrise.

Evidemment ils ne soupçonnaient pas les forces — ou plutôt la faiblesse de l'ennemi.

Le communard comprit qu'il fallait se hâter. Une minute perdue, c'était peut-être la mort. L'instinct de la conservation prenait le dessus.

Dans un effort suprême, il ramassa la loque rouge qui avait été le drapeau de la barricade, et le brandissant du poing au-dessus des pavés, il jeta ce cri à pleins poumons :

— Vive la Commune !

Comme réponse, une grêle de plomb vint s'aplatir sur les pavés et au même instant ce cri fut poussé par une voix rauque :

— A la baïonnette !

Et les Versaillais, bondissant dans la fumée, s'élancèrent au pas de course dans l'espace libre entre les deux barricades.

La ruse du hardi fédéré avait réussi.

Quand les soldats arrivèrent sur la pièce de canon, le commandant avait disparu.

Mais un filet de sang indiquait à terre le chemin qu'il avait suivi. Il s'arrêtait à quatre ou cinq maisons plus loin, devant une porte vermoulue, démolie par un éclat d'obus.

— Il est pris, le bandit, exclama le capitaine, vieux grognard à la figure balafrée.

Il est blessé et n'a pu aller loin. Son affaire est claire.

Et, rendu furieux tout à coup par la pensée qu'un seul homme leur avait ainsi tenu tête, il s'élança dans l'allée de la maison, suivi de quelques-uns de ses hommes.

Au bout de quelques instants le capitaine reparut avec son escorte, traînant un homme qui poussait des cris déchirants et demandait grâce.

Cet homme n'était pas l'artilleur de la barricade.

— Le brigand nous échappe, murmura le capitaine à l'oreille de son sous-lieutenant, jeune imberbe rose, frais émoulu de Saint-Cyr. Le concierge, que nous avons trouvé dans la cave, prétend que la porte était fermée et que personne n'a pu entrer.

— Qu'y pouvons-nous, mon capitaine ?

— Rien, évidemment.

Puis, pris soudain d'une admiration involontaire pour celui qu'il qualifiait naguère de brigand, le capitaine ne put s'empêcher de murmurer :

— C'est égal... Un rude lapin tout de même. S'ils avaient été seulement dix mille de sa trempe, nous n'aurions jamais pris Paris !

CHAPITRE II

Qu'était devenu pendant ce temps le communard ?

Profitant du moment où les soldats enveloppés par la fumée de leur feu de peloton, se précipitaient au pas gymnastique sur la barricade sans pouvoir tirer ni distinguer ce qui se passait de l'autre côté, il avait pris la fuite aussi rapidement que le lui permettait sa blessure.

Mais il comprit immédiatement combien étaient inégales les conditions de cette course. Il ne fallait pas songer, lui blessé, perdant son sang, épuisé par la lutte homérique qu'il venait de soutenir, à garder l'avance qu'il possédait sur ceux qui le poursuivaient.

Par bonheur il connaissait admirablement ce quartier et se rappela avoir souvent coupé court par un passage, connu seulement des habitants de l'immeuble et de quelques voisins, qui reliait le n° 35 de la rue Ramponneau avec la cour d'une maison de la rue Bisson.

Mais une réflexion glaça soudain son espoir. Il songea que toutes les portes étaient fermées, ainsi que les persiennes; beaucoup même devaient être barricadées en dedans.

Un instant il fut sur le point de revenir sur ses pas et de crier aux soldats en découvrant sa poitrine : « Finissons-en! Feu! » Mais cet affaissement moral ne dura que le temps d'un éclair. Une pensée soudaine vint lui rendre son énergie et il balbutia, tout bas un nom...

Tout cela, on le pense bien, avait duré cent fois moins de temps qu'il n'en faut pour le raconter et quand le commandant Rochefontaine (c'est ainsi que se nommait le fédéré) releva la tête, l'œil fulgurant, il se trouvait devant la maison au passage.

Oh! chance inespérée! A peine put-il en croire ses yeux.

La nuit précédente, un obus, en éclatant, avait démantibulé les ferrures de la porte dont le bois, vermoulu, avait cédé autour de la serrure. Un coup d'épaule et la porte cédait tout à fait.

Le communard rassembla ses forces et se rua avec une telle violence contre l'huis, que du premier coup il le renversa.

Mais aussi la secousse fut si grande et la

douleur si aiguë, qu'il fut sur le point de tomber en syncope.

Encore une fois il fut près de succomber, mais ce nom qu'il avait déjà prononcé lui revint sur les lèvres et de nouveau rétrempa son énergie.

Une minute plus tard, il était relativement en sûreté dans la rue Bisson qui était absolument déserte, et il s'engageait dans la rue du Sénégal.

Mais où aller, maintenant, avec cet uniforme qui le dénonçait, avec cette blessure qui paralysait ses forces, qui engourdissait peu à peu tout son côté gauche et qui, prévoyait-it, le mettrait avant une heure dans l'impossibilité de faire un mouvement?

Que faire ? que devenir ?

Il se rappela qu'un de ses vieux amis, sculpteur, qui pendant la Commune n'avait en aucune façon pris part au mouvement insurrectionnel, avait tout près de là, rue Pali-Kao, son atelier, de plain-pied avec la rue.

— Certainement, se murmura à lui-même Rochefontaine, il ne me refusera pas un asile, au moins pour quelques heures.

Mais il s'agissait d'arriver jusque-là, sans rencontrer patrouille versaillaise, car ses vêtements souillés de sang et de boue, ses mains noires de poudre, sans compter sa blessure et son uniforme, le désigneraient suffisamment aux vainqueurs.

N'importe ! là seulement était la chance de salut. Il fallait aller jusqu'au bout et risquer le tout pour le tout.

Par un hasard providentiel, il arriva sans encombre devant la porte du sculpteur qu'il reconnut du premier coup.

Il frappa, anxieux, attendant une réponse, collant son oreille contre le bois. Rien ne bougea, à l'intérieur, aucune voix ne répondit.

Mais en revanche, dans le silence du quartier désert, son oreille perçut le bruit rhytmé des pas d'une patrouille qui approchait par la rue Julien.

Il frémit malgré lui du danger. Mais, sans perdre la tête, il frappa derechef et songea qu'il aurait dû se nommer.

— Lorentin, ouvre donc !... C'est Roche-fontaine... Ouvre vite !

Au même instant, le bruit d'une barre de fer qu'on descellait, se fit entendre et la porte, s'entrebâillant aussitôt, laissa voir le visage pâle du vieux sculpteur.

Il devint blême en voyant le sang dont était couvert le commandant.

— Entre vivement, murmura-t-il à voix basse, en s'effaçant pour le laisser passer.

Puis, après avoir jeté un coup d'œil sur son ami et rebarricadé la porte bien plus prestement qu'il ne l'avait ouverte, il interrogea :

— D'où viens-tu, malheureux ? Tu vas nous faire fusiller tous les deux !

Rochefontaine se méprit sur le véritable sens de ces paroles. Il eut un mouvement de fierté qu'il ne sut pas contenir :

— Tu es libre, dit-il sèchement, de me jeter à la porte !

A cet instant les soldats tournaient le coin de la rue. Au carrefour, ils s'arrêtèrent soupçonneux ; puis après avoir quelque peu battu de coups de crosse les portes des maisons, ils s'éloignèrent.

Lorentin, le sculpteur, le doigt sur les lèvres, était blanc comme un linge. Quand le bruit des pas eut cessé, ce fut d'une voix sévère, quoique tremblante, qu'il répondit au commandant :

— Qui t'a permis de douter de mon hospitalité ? Je ne t'aurais pas ouvert, si j'avais craint de me compromettre... J'ai bien deviné de suite que tu n'étais pas avec Versailles... Tu as donc oublié ce que je te dois ?...

Et comme Rochefontaine ne répondait pas, il poursuivit, s'animant :

— Mais non, tu t'es souvenu qu'entre nous, c'est à la vie, à la mort, et c'est à ma porte que tu es venu frapper... Mais qu'as-tu ? fit-il en s'interrompant, tu chancelles...

Il h'eut pas le temps d'achever... le commandant roulait privé de sentiment sur le sol raboteux de l'atelier.

— Je suis vraiment fou, murmura le sculpteur en se frappant le front; je lui fais des discours au lieu de songer à le soigner et à panser sa blessure !

Et soulevant avec mille précautions son ami dans ses bras, comme une nourrice son poupon, il le transporta avec une vigueur qui démentait ses cheveux blancs sur le divan-couchette qui composait le plus sérieux du mobilier de l'atelier.

Alors il s'inquiéta d'étancher le sang qui coulait toujours de la blessure. Après une courte recherche, il dénicha dans une malle une vieille chemise de toile bise qu'il déchira en lanières pour fabriquer des bandes. Puis, avec son canif, il fendit d'un seul coup la manche de la vareuse du fédéré et lui mit à nu l'avant-bras gauche.

La blessure en elle-même ne présentait de gravité que par la perte de sang qu'elle occasionnait. La balle, venue de face, avait passé, sans attaquer l'os, entre le cubitus et le radius, mais elle avait coupé l'artère radiale.

Le sculpteur, par métier, savait assez d'anatomie pour se rendre un compte exact de la blessure. En un tour de main, il eut improvisé un appareil des plus simples.

Mais Rochefontaine était toujours évanoui. Sa pâleur mortelle témoignait de la violence de l'hémorragie.

Le sculpteur décrocha du mur une gourde de rhum et, desserrant avec une spatule à modeler les dents du blessé, il lui en fit avaler une large rasade.

L'effet fut immédiat. Le commandant ouvrit les yeux et ses joues se colorèrent aux pommettes d'une légère teinte rosée.

Il jeta d'abord les yeux autour de lui avec un certain effarement, mais, quand il reconnut un visage ami, un sourire triste lui plissa les lèvres et il laissa retomber pesamment sa tête sur l'oreiller de reps du divan, en murmurant d'une voix faible :

— Merci, Lorentin, tu es un brave cœur.

CHAPITRE III

La nuit était venue peu à peu, noyant d'ombre successivement les coins reculés du vaste atelier, estompant de gris les profils trop blancs des maquettes et des statuettes qui se dressaient çà et là et fondant avec le mur les médaillons de plâtre qui l'ornaient.

Par prudence et pour que l'on crût du dehors l'atelier abandonné, le sculpteur avait négligé d'allumer sa lampe et, brisé d'émotions, il s'était étendu sur un vieux fauteuil auprès du chevet de son hôte.

Rochefontaine reposait toujours d'un sommeil lourd, dû surtout à son état de faiblesse. Mais le sommeil fuyait les paupières de Lorentin. Quoiqu'il ne regrettât point sa bonne action du matin, cependant il ne pouvait sans frémir en envisager les conséquences. Comment allait-il soigner ce blessé, le nourrir, le cacher surtout à la curiosité du voisinage ? Autant de questions

qu'il jugeait insolubles et qui lui marte-
laient le cerveau comme autant de coups de
massue.

Pourtant il ne pouvait agir autrement qu'il
n'avait fait. Outre le sentiment d'humanité
qui porte tout homme à secourir son sem-
blable, une dette sacrée de reconnaissance
le liait au fédéré, ainsi qu'il l'avait dit lui-
même, « à la vie à la mort ».

Ici deux mots d'explications ne sont pas
superflus.

Le vieil artiste avait une fille qui était
sa joie, son orgueil, qu'il aimait à l'adora-
tion.

Mariée depuis bientôt dix ans à un officier de marine, elle n'avait guère pourtant
quitté la capitale, son mari passant en mer
et à l'étranger la majeure partie de son
temps.

Bien qu'elle ne logeât plus sous le même
toit que son père et qu'elle habitât les Bati-
gnolles, Lorentin la sentait près de lui
pourvu qu'elle fût à Paris. Tous les diman-
ches, ils dînaient en tête-à-tête, chez elle,
et le soir, il la menait au théâtre. Cela suffisait à son bonheur et, de ces parties heb-
domadaires, il rapportait du soleil plein le
cœur pour le reste de la semaine.

Or (il y avait cinq ans de cela) un matin
de dimanche que Lorentin était venu plus
tôt que de coutume, ils étaient partis tous

deux faire au bois de Boulogne une promenade à cheval.

Tout à coup la jument que montait la jeune
femme, prise d'une frayeur subite, fit un
brusque écart de côté, puis, reniflant et
cambrant le cou, elle partit à fond de train
dans une allée transversale.

Le sculpteur, excellent cavalier, piqua des
deux pour rattraper et arrêter la monture
de sa fille. Peine perdue !

La jument emportée filait comme le vent ;
il la perdit de vue au tournant d'un massif.

Plein d'une mortelle inquiétude, il s'élança
dans la même direction.

Quand il rejoignit l'amazone, celle-ci
était appuyée toute tremblante encore sur
le bras d'un élégant cavalier.

La jument, blanche d'écume, était étendue
sur le flanc dans la poussière de l'allée.

Le sculpteur mit aussitôt pied à terre et
la jeune femme encore tout émue, lui expliqua brièvement ce qui lui était arrivé.

— Tu sais, dit-elle, avec quelle soudai-
neté Coquette s'est emballée. Tout d'abord,
je m'imaginai que je pourrais la maintenir
et qu'en tout cas, après avoir fourni un
temps de galop, elle se fatiguerait rapidement et finirait par se calmer toute seule.

Je ne visais donc que ce seul point : ne
pas me laisser désarçonner et ne point lâcher les rênes. Mais, quand je vis que Co-

quette, loin de ralentir son allure, galopait comme une enragée, je t'avoue que je ne fus plus maîtresse de mon sang-froid et que, ma foi, pour résister aux secousses furieuses de ce galop désordonné, je lui lâchai la bride sur le cou pour me cramponner à sa crinière.

Au moins de cette façon, pensais-je, elle ne me lancera pas sur quelque arbre de la route.

Mais vois, continua la jeune femme en étendant le bras vers le bout de l'allée, la maudite bête me menait droit au lac.

J'étais perdue sans monsieur, qui me vit venir. Il comprit, lui, du premier coup d'œil, le danger que j'ignorais encore. Il nous laissa approcher tout en tirant de sa poche un petit revolver et, avec une sûreté de tir dont je reste encore stupéfaite, il logea presque à bout portant une balle dans l'œil de Coquette qui, frappée à mort, s'abattit des quatre pieds. Le moindre risque que je courais était d'être prise sous son corps : j'aurais eu les deux jambes brisées net. Mais monsieur se trouvait encore là. Prompt comme la pensée, il avait bondi et m'enlevait dans ses bras.

Deux fois en deux secondes, je lui devais la vie. Et voilà!

Le sculpteur avait écouté sans l'interrompre le récit de sa fille, frémissant malgré lul à mesure qu'elle énumérait les dangers auxquels elle venait d'échapper si miraculeusement.

Quand elle eut fini, il alla au jeune homme, lui prit les deux mains dans les siennes et les serrant à les briser, il murmura avec effusion :

— Merci ! oh ! merci, monsieur !

Mais déjà sa fille l'interrompait. Elle avait repris toute son assurance et, d'un ton mi-plaisant mi-sérieux :

— Permettez, dit-elle. Je suis très formaliste. Il faut auparavant que je vous présente l'un à l'autre :

M. Lorentin, sculpteur, hors concours, membre du jury, mon père ; fit-elle en s'adressant à l'étranger.

Celui-ci s'inclina et elle poursuivit :

— Mon père, j'ai l'honneur de te pr ésen ter monsieur... ?

— Maxime Rochefontaine, acheva le jeune homme, capitaine d'artillerie en disponibilité... pour opinions subversives.

— Monsieur, dit le sculpteur, en lui tendant de nouveau la main, vous savez que nous autres artistes nous ne savons pas faire de phrases. Je dis les choses telles que je les pense. Et maintenant je vous dis : Vous m'avez sauvé plus que la vie en arrachant ma fille à une mort affreuse. C'est entre nous à la vie, à la mort.

Le jeune officier serra cordialement cette main qui lui était si loyalement offerte et s'inclina sans mot dire.

Dès ce jour, Maxime devint le commensal et l'ami du sculpteur et de sa fille et la plus grande intimité s'établit entre les deux hommes, malgré l'écart de leurs âges respectifs.

Maxime fut de toutes les parties du dimanche. Il devint même l'élève de Lorentin qui, passionné pour son art qu'il plaçait au-dessus de tout au monde, presque au niveau de son amour pour sa fille, n'avait eu de répit qu'il n'eût enseigné au jeune capitaine à manier l'ébauchoir, la massette et le ciseau.

Rien ne vint troubler ce paisible commerce, car Mathilde, ainsi se nommait la jeune femme, reçut un matin un pli au sceau du ministère de la marine, qui lui apprenait le naufrage, corps et biens, du vaisseau qui portait son mari.

Elle le pleura sincèrement, mais sans exagération, son mariage ayant été plus de raison que d'inclination et les absences continuelles de son époux n'ayant guère permis à celui-ci de faire naître dans son cœur de jeune femme autre chose que de l'estime et de l'amitié.

Puis la guerre était venue et la chute de l'Empire. Maxime avait repris sa place dans l'armée. Le sculpteur, aux premières nouvelles de la marche des Prussiens sur Paris, avait envoyé sa fille dans le midi, chez une parente, et, trop âgé déjà pour prendre une part active à la lutte, il avait endossé la capote et coiffé le képi de garde national, qu'il avait relégués dans un coin de son atelier le jour où Trochu avait livré la capitale.

De Maxime, il savait seulement qu'il avait été fait prisonnier à Metz.

Et voilà que tout à coup l'officier tombait chez lui comme une bombe, en uniforme de fédéré, blessé, meurtri, saignant, comptant sur la parole d'autrefois : à la vie à la mort, et venait réclamer le payement de sa dette.

Lorentin n'avait de sa vie laissé protester sa parole ni sa signature ; mais on comprendra que, dans les circonstances présentes, le vieillard fût cruellement perplexe.

Voilà pourquoi, le front dans les mains, un coude appuyé sur la couchette du blessé, il cherchait le moyen de sortir d'une telle situation et ne trouvait devant lui que des impossibilités ; il se sentait comme acculé dans une impasse.

Longtemps il resta ainsi, perdu dans ses réflexions.

Un léger cri de douleur, arraché au blessé par un mouvement qu'il avait fait

sur le divan, tira le vieil artiste de la torpeur morose où il était plongé.

Il releva la tête en murmurant :

— Enfin, n'importe ! Advienne que pour-
ra. Je ferai mon devoir.

Cependant Maxime s'était réveillé tout à
fait.

— A boire ! demanda-t-il d'une voix
faible.

Le sculpteur courut à tâtons chercher la
gourde de rhum qui lui avait déjà servi à
rendre au blessé l'usage de ses sens.

Comme elle n'était guère qu'à moitié
pleine, il la plongea dans le baquet d'eau
qui lui servait pour mouiller ses chiffons et
la remplit jusqu'au col. Cela fit une sorte
de grog, dont Maxime but avidement quelques gorgées.

— Merci, lui dit-il, d'une voix plus assu
rée. Cela va mieux.

Lorentin lui prit le poignet, il était brûlant de fièvre.

— Ecoute, continua le blessé, approche-
toi, mon vieil ami. Je sais bien que je n'en
ai pas pour longtemps et j'ai une mission à
te confier pour l'accomplir après ma
mort.

— Quelle folie ! dit le sculpteur, une
blessure au bras, une égratignure ! Tu seras
sur pieds après-demain.

— Non ! Je sens bien mon état. J'ai trop

perdu de sang. Ma vie s'est écoulée goutte à goutte. Mais j'aurai le temps, j'en suis sûr, de te faire mon récit jusqu'au bout, et cela suffira pour que je parte le cœur soulagé.

Et maintenant, écoute, et promets-moi d'abord de ne point m'interrompre quelle que puisse être ta surprise.

— Je te le promets, dit simplement le sculpteur.

— Je compte sur ta promesse. Lorentin, tu crois savoir ma vie depuis le jour où j'eus le bonheur de vous connaître, toi et ta fille. Et cependant il est un point capital que tu ignores, il est un secret que jamais tu n'aurais appris de mon vivant, mais qu'au contraire il faut que tu saches, moi mort. Lorentin, j'ai été l'amant de ta fille.

— De Mathilde! Allons donc! s'écria malgré lui le vieil artiste, qui crut que la fièvre faisait délirer son ami.

Mais celui-ci continua d'une voix très calme :

— Tu m'avais promis de ne point m'interrompre. A peine ai-je commencé que tu m'empêches de parler...

Oui, poursuivit-il avec un effort, oui, j'ai été l'amant de ta fille. Que tu ne t'en sois jamais douté, je le comprends sans peine, car tous nos efforts tendaient à te cacher notre amour.

Comment cela s'est-il fait? Je l'ignore. Comment ai-je pu trahir les devoirs que m'imposait ton amitié? Je n'en sais rien. Toujours est-il que, depuis le jour où j'avais tenu Mathilde dans mes bras, j'en étais amoureux comme un fou.

Les femmes, vois-tu, ont vite deviné qu'on les adore. Mathilde, qui n'avait trouvé dans le mariage qu'une bien faible réalisation de ses rêves de jeune fille, fut surprise d'abord de cette grande passion qu'elle inspirait. Comme elle était plus âgée que moi, elle se fit maternelle, m'offrant son amitié. Mais on se brûle à jouer avec le feu.

Tant que son mari fut vivant, elle sut me résister. Le mot adultère l'effrayait sans doute.

Mais, sitôt qu'elle fut veuve, qu'elle fut maîtresse d'elle-même, ce fut elle qui se jeta dans mes bras.

Notre félicité dura trois ans, continua le blessé d'une voix sifflante. Tu sais que mes opinions politiques m'avaient fait mettre en retrait d'emploi par le gouvernement impérial. J'avais donc à moi tout mon temps. Tout ce temps, je le lui consacrai.

Tu ne t'aperçus de rien alors, absorbé

par tes travaux, par tes Salons et tes Expositions.

— Pourquoi ne l'épousais-tu pas ? ne put s'empêcher d'interrompre Lorentin.

— Je le voulais. Elle me défendit de te demander sa main. J'avais à cette époque vingt-sept ans; elle en avait trente-deux.

« Je suis trop âgée pour toi, me dit-elle. Je ne puis être ta femme. Tu seras encore un jeune homme que je serai déjà une vieille femme. Les unions doivent être proportionnées. »

Elle avait peut-être raison.

— Peut-être, soupira le sculpteur.

— Il me reste à te faire une dernière confidence, plus grave encore que les autres... Mais je sens que ce récit m'épuise; donne-moi encore quelques gorgées à boire.

Lorentin accéda au désir du blessé, après quoi celui-ci reprit, un peu réconforté :

— Je ne t'ai pas tout dit. Tu te souviens sans doute de cette maladie qui força Mathilde à garder le lit près de quatre mois, il y a un an et demi. Le médecin, un de mes amis, te parlait, quand tu venais voir ta fille, d'un rhumatisme de la jambe. Je vais être plus franc ; ta fille était enceinte. Elle accoucha, sans que tu le susses, d'une petite fille...

— Mais cette enfant !...

— Laisse-moi terminer. Comme il fallait cacher à tous les yeux, aux tiens surtout, ce fruit de notre amour, je mis notre enfant, ta petite-fille, Lorentin, en nourrice chez une brave femme qui habitait les environs de Paris. Je comptais la reprendre quand elle aurait deux ou trois ans et la faire passer pour ma nièce. Le destin ne l'a pas voulu. Ta fille elle-même est la seule personne qui sache la retraite où j'ai caché notre enfant.

Voilà pourquoi, puisque Mathilde est en province, il faut que je te dise, avant de mourir, à toi son grand-père (Maxime appuya sur ces mots), où tu pourras la retrouver, où tu pourras du moins la chercher, car la guerre vient de dévaster la banlieue.

— Dis vite, je t'écoute, murmura le sculpteur...

Mais il s'arrêta soudain, un tintement lugubre de crosses de fusil résonnait sur le pavé de la rue.

D'un geste Laurentin imposa silence à son interlocuteur...

Presque au même instant des voix se faisaient entendre devant la porte.

— C'est ici, dit une voix ; un voisin l'a vu entrer.

— Pourtant cet atelier a l'air abandonné, fit une autre voix.

— A l'air, mais pas la chanson, riposta le premier.

— Voyons toujours, dit l'autre.

En même temps, un coup de pommeau de sabre ébranla la porte.

Lorentin ne fit pas un mouvement. Il retenait son souffle.

— Vous voyez bien, mon lieutenant, qu'on ne répondra pas, fit la première voix. Il faut enfoncer la porte.

Sitôt ces paroles prononcées et sur un geste probablement de celui qui venait de parler, la porte vola en éclats sous les coups de crosse, et plusieurs hommes firent irruption dans l'atelier.

Mais il faisait si noir qu'ils ne distinguèrent rien au premier coup d'œil.

— Il faudrait une lumière, dit l'officier.

— On en a, mon lieutenant, fit l'autre.

Et faisant craquer une allumette sur la boiserie, il en dirigea la clarté vers le fond de la pièce.

Il poussa un cri de joie féroce en apercevant les deux hommes, Maxime et Lorentin, qui les regardaient sans mot dire, très pâles.

— Saisissez-les, fit le lieutenant qui avait eu le temps d'apercevoir les galons d'argent du commandant fédéré.

Cependant les hommes hésitaient à s'avancer dans cette obscurité. Le sergent alluma précipitamment un rat de cave qu'il avait en poche et éclaira cette scène lugubre.

Alors le vieux sculpteur se leva, très grave et d'une voix lente :

— Cet homme est blessé, monsieur l'officier, et hors d'état de se défendre. En outre il est mon hôte et je suis responsable de sa vie. L'arrêter en ce moment, c'est le tuer infailliblement. Vous le laisserez ici, car vous êtes des soldats français ; vous n'êtes pas des assassins.

L'officier ricana d'un mauvais rire torve et s'adressant au sous-officier :

— Il est bien amusant, ce bonhomme. Sergent, faites-moi donc le plaisir d'emmener le vieux. Quant à l'autre, ajouta-t-il, en désignant Maxime, fusillez-le séance tenante. Nous n'avons pas de temps à perdre.

Maxime n'avait pas bougé. Quand son arrêt de mort eut été prononcé en même temps que l'arrêt de vie de Lorentin, il lui murmura tout bas, de manière à être entendu de lui seul :

— Notre fille..... à Gentilly.. ... Elle s'appelle Rose...

Et, retrouvant alors toute son énergie, il se dressa tout debout sur la couchette et

ouvrant ses grands bras, il s'écria, râ-
lant :

— Vive la Com...

— Feu ! fit une voix.

L'atelier se remplit de fumée.

Quand elle se fut dissipée, Lorentin,
bourré de coups de crosse, avait été emmené par des soldats, et dans l'atelier vide
Maxime était étendu, la face contre terre,
baignant dans son sang, avec dix balles
dans la poitrine.

CHAPITRE IV

Vers le milieu du mois de juillet 1871, une femme, jeune encore et d'un physique agréable, mais les yeux rougis par les larmes et les traits ravagés par la douleur, descendait de voiture, rue Pali-Kao devant l'atelier, théâtre du précédent chapitre.

Elle frappa à la porte, anxieuse, puis, comme rien ne bougeait au dedans, elle appela :

— Père ! ouvre-moi !

Mais son appel resta sans réponse.

Alors Marthe (nos lecteurs ont déjà reconnu la fille de Lorentin) pensa que le sculpteur était sorti pour quelque affaire et résolut de s'adresser au concierge.

Elle s'engagea dans l'allée obscure et frappa du doigt contre un carreau graisseux qui ouvrait sur la loge.

Une tête d'homme barbu, au regard faux, coiffée d'une casquette de loutre, apparut un vasistas et une voix bourrue interrogea:

— Qu'est-ce que vous voulez ?

— M. Lorentin.

— Ce n'est pas ici, fit le concierge, et le carreau se referma au nez de la visiteuse.

— Comment! ce n'est pas ici! exclama la jeune femme... Il a donc déménagé en mon absence?

Et elle frappa derechef contre la vitre.

La tête du concierge se montra de nouveau.

— Puisque je vous dis que ce n'est pas ici, accentua-t-il.

— Mais il vous a laissé son adresse en partant, car c'est bien ici qu'il habitait.

— Son adresse! ah! bien, oui! Malin qui la saurait à l'heure actuelle, le vieux brigand!...

— Brigand!... mon père, s'écria Marthe en bondissant.

— Votre père! s'écria à son tour le concierge, qui, reconnaissant la fille du sculpteur à laquelle il avait extorqué plus d'un gros pourboire, devint du coup aussi obséquieux et plat qu'il avait été rêche et grossier jusque-là.

— Votre père! répéta-t-il... Oh!... pardon, madame, je ne vous remettais pas. Mille excuses... Votre père, le pauvre cher homme, oui, il a déménagé... pour l'éternité.

— Que dites-vous? fit Marthe haletante.

— Je dis qu'ils l'ont emmené, les brigands, ponctua-t-il pour donner le change à son interlocutrice.

— Quels brigands?...

— Les soldats de Versailles.

— Emmené? Lui! Où?... Pourquoi?

— Où, je n'en sais rien. Pourquoi? Pour la Commune, pardié!

— Mais mon père ne s'occupait pas de politique.

— Non certes, mais il avait trop bon cœur, madame, et c'est ce qui l'a perdu.

— Enfin, que lui est-il arrivé?... Expliquez-le-moi, je veux tout savoir...

— En ce cas, madame, voici la chose: M. Lorentin — le bon Dieu le protège — avait eu le tort d'accueillir chez lui, un communard, un blessé, paraît-il...

— Oh! je le reconnais bien là, brave père!...

— Possible, mais à ce moment-là ça n'était pas prudent. Sitôt pris, sitôt au mur. On ne badinait pas, je vous assure. Avec ça les dénonciations pleuvaient, un tas de gens se vengeaient de leurs ennemis en les faisant arrêter... Enfin, madame, une véritable abomination du bon Dieu...

Ici le concierge eut un geste navré et leva au ciel un œil contrit, négligeant d'ajouter que c'était lui-même, le misérable, qui avait dénoncé le vieillard pour se faire bien venir des vainqueurs.

— Continuez, fit impérativement Marthe, que ces lenteurs faisaient bouillir.

— Pour lors, c'est bien simple. On a dénoncé M. Lorentin. On a dit qu'il cachait chez lui un insurgé et son affaire a été vite réglée.

— Quoi ! s'écria la jeune femme, mon père... Ils l'ont tué ?...

— Ça, je ne pourrais pas vous dire au juste. Ils l'ont emmené avec eux... Quant à l'autre...

— Qui, l'autre ?...

— Le communard ! On l'a fusillé dans l'atelier. Ah ! madame, tout un mur perdu, troué par les balles, taché de sang. Avec ça, votre père a laissé le terme en souffrance. Il a fallu que je paye de ma poche le propriétaire. Il n'a voulu rien entendre. J'ai cinq enfants, madame...

— C'est bon, fit Marthe, abasourdie par le coup qui la frappait, voilà pour vous dédommager.

Et elle déplia un billet de cent francs qu'elle remit au concierge, lequel se confondit en remerciements qu'elle n'eut pas l'air d'entendre.

Pétrifiée, clouée sur place par cette émotion trop vive et trop inattendue, elle n'avait pas la force d'articuler une parole et ses yeux secs ne pouvaient verser une larme.

Enfin elle rauqua d'une voix qui ressemblait à un sanglot :

— Vous avez au moins conservé quelque chose de l'atelier ?... Je voudrais avoir un souvenir de mon père. Car il est mort, j'en suis sûre à présent...

— Ah ! ma pauvre dame ! s'écria le concierge d'un ton dolent, il n'est resté miette des objets de votre père. Tout a été brisé, fracassé, saccagé.

En réalité l'effronté gredin avait vendu à vil prix ces œuvres d'une valeur inestimable à un juif de ses amis qui, depuis le siège, avait fait sa fortune à ce commerce canaille quoique peu avouable.

Mais Marthe était trop profondément affligée pour soupçonner quoi que ce soit.

— Voici tout ce que j'ai trouvé, reprit le concierge en courant à un tiroir dont il sortit un petit médaillon sans valeur dont le brocanteur n'avait pas voulu.

La jeune femme ne jeta qu'un coup d'œil sur le bijou. Mais elle poussa un rugissement :

— Oh ! s'écria-t-elle en prenant son front dans ses mains, je deviens folle... Ce médaillon !...

Elle le saisit et l'ouvrit fiévreusement.

Il contenait une boucle de cheveux or pâle, des cheveux d'enfant, et un portrait de femme, le sien.

Elle répéta, affolée :

— Ce médaillon... où l'avez-vous trouvé ?

— Dans l'atelier, madame, par terre.

Elle reprit, oppressée :

— Mais enfin, ce n'est pas à mon père que...

Soudain, comme éclairée d'une pensée subite :

— Oh ! mon Dieu, exclama-t-elle... l'autre...

Puis, saisissant le concierge par le bras :

— L'autre, vous dis-je... L'insurgé !... qui était-il ?

— Je l'ignore, madame, fit le portier stupéfait, mais voici ce que j'ai trouvé sur lui, avant qu'on ne l'emporte.

Et, revenant au tiroir, il sortit un élégant porte-cartes en cuir de Russie.

Marthe s'en empara, sortit une carte et lut :

MAXIME ROCHEFONTAINE

CAPITAINE D'ARTILLERIE

Elle passa les mains sur ses yeux, comme pour chasser un mauvais rêve, puis revenant à la réalité :

— C'était lui ! murmura-t-elle d'une voix sourde. Tout ! tout à la fois ! la lie du calice.

Et comme prenant une résolution subite, elle dit au concierge d'un ton plus ferme :

— Savez-vous où l'on a transporté les ca-
davres des fusillés?...

— Au Père Lachaise, je crois, pour ce
quartier.

— Merci !

Et, sortant brusquement, elle remonta en
voiture.

— Au Père Lachaise, dit-elle au cocher.

Quand Marthe arriva au cimetière, le soir
approchait.

Les larges allées de la vaste nécropole
parisienne étaient désertes.

Elle s'adressa à un gardien :

— La fosse commune, monsieur, s'il vous
plaît ?

Le gardien hasarda une observation :

— Madame, il se fait tard, et les règlements...

Elle lui mit un louis dans la main. Argument sans réplique.

Le gardien s'inclina. Puis, pris d'une soudaine pitié à la vue de l'air désolé de la
jeune femme, et touché aussi de sa muni-
ficence, il interrogea :

— La fosse ordinaire ou... celle des fusillés ?...

— Celle de la Commune.

— A droite, madame, tout au bout. Mais
on va fermer, ne soyez pas longtemps.

Marthe partit en courant dans la direction
indiquée.

Elle arriva bientôt au sombre mur. En cet endroit, une déclivité de terrain, déjà couvert d'une herbe grasse et drue — l'engrais n'avait pas manqué — se terminait au pied du mur de clôture par un renflement significatif.

— C'est ici, murmura-t-elle, haletante.

Et, tombant à genoux, elle s'écria :

— Tout, tout ce que j'aimais, perdu, tué, disparu ! Ma fille, morte sans doute, mon père et mon mari lâchement assassinés ! Oh ! mon Dieu ! qu'ai-je fait pour tant souffrir ?...

Puis se relevant tout à coup et montrant le poing aux cieux que l'ombre envahissait :

— Non ! reprit-elle avec rage, non ! Je suis folle de parler ainsi. Il n'y a pas de Dieu ! Il ne permettrait pas ces choses-là !

Et brisée par cet effort de malédiction impuissante, elle retomba sur le sol.

— Oh ! Maxime, Maxime ! gémit-elle. Mon bonheur, ma vie, mon époux, que ne puis-je te suivre ! Que n'ai-je au moins pu partager ton sort. Toi si bon, si généreux. Mais non, il est écrit que j'arriverai trop tard. Trop tard pour notre enfant ! Trop tard pour notre père ! Et pour toi, pour te sauver ou mourir ensemble. . Trop tard ! Toujours trop tard !

Et elle s'affaissa complètement.

Les grands arbres du cimetière, que secouait la brise, semblèrent frissonner, émus de pitié, et répéter, eux aussi :

— Trop tard ! Trop tard !

Soudain le gardien apparut :

— On ferme, madame, cria-t-il.

Puis s'apercevant que la jeune femme ne bougeait point, comme abîmée dans la prostration, il voulut la faire lever.

Mais elle retomba lourdement, inanimée.

Sa main était glacée à jamais.

— Le diable m'emporte ! elle est morte, murmura-t-il... J'arrive trop tard !

TROISIÈME PARTIE

T. M. — M. T.

CHAPITRE I

UNE CAUSE INGRATE

Un mois s'est écoulé depuis le jour qui a vu se dérouler les événements tragiques que nous avons relatés dans les premiers chapitres de cette histoire.

Ainsi que nos lecteurs l'ont sans doute compris par les lignes parues dans le journal *la France*, les soupçons de la police et du parquet s'étaient dès l'abord portés sur Théodore Mercier, le garçon boucher qui avait disparu de son domicile depuis le soir du crime et n'y avait point reparu.

Théodore avait été arrêté deux jours plus tard par un agent de la sûreté, comme il se promenait tranquillement, avec un rare cynisme, devant la grille dorée du Palais de Justice.

Il lui fut impossible de donner au juge d'instruction des explications suffisantes sur l'emploi de son temps pendant la soirée du 28 mars.

Pourtant il niait énergiquement avoir commis le forfait épouvantable qu'on lui reprochait.

Mais les preuves se dressaient accablantes devant ces simples dénégations.

D'abord le caractère violent et emporté du garçon boucher était de notoriété publique.

Rose Graindor, rétablie enfin après une courte mais terrible maladie qui avait failli lui coûter la vie, avait répété au juge d'instruction les manaces qu'il avait proférées contre elle, le lendemain du bal des blanchisseuses.

Puis, n'était-il pas, par sa rivalité même avec Auguste, l'héritier du lavoir, son ennemi déclaré ?

« Cherche à qui le crime profite », dit un axiome de police judiciaire.

N'était-ce pas Théodore qui avait intérêt à se débarrasser du fiancé de Rosette, — car Auguste passait maintenant pour le fiancé de la jeune fille? N'était-ce pas pour satisfaire à tout prix sa passion exacerbée jusqu'à la bestialité qu'il avait été amené à commettre un viol dont les circonstances avaient fait un assassinat ?

Sa fuite précipitée, sitôt après le crime, ne le dénonçait-elle pas encore ?

Il avait bien essayé de jouer la stupéfaction, lorsqu'il avait été conduit au Dépôt de la Préfecture. Mais cette feinte grossière n'avait trompé personne, le juge d'instruction moins que quiconque, un vieux renard à qui l'on n'en remontrait point.

Enfin, et c'est ici que l'accusation triomphait sans que la défense pût rien trouver à répondre, on avait ramassé sur une des marches de l'escalier un mouchoir de poche, marqué aux initiales M. T., brodées au coton rouge, sur un des coins.

Ce mouchoir, classé avec un soin jaloux dans les pièces à conviction, à côté du poignard à coquille d'acier bruni qui avait servi à perpétrer le meurtre, était l'arme la plus sérieuse de l'accusation.

Non seulement les initiales, conformes aux nom et prénoms de l'accusé, prouvaient, clair comme le jour, sa culpabilité, mais encore, au cours de la perquisition opérée dans sa chambre, on avait trouvé dans un tiroir cinq mouchoirs absolument semblables à celui-ci, tant comme taille que comme initiales.

N'était-il pas évident que le mouchoir perdu dans l'escalier complétait la demi-douzaine ?

Aussi Théodore, malgré son énergie à

nier, avait-il été forcé de reconnaître que
ce mouchoir lui appartenait, avouant qu'il
avait en effet égaré le sien.

Toutefois, il n'en persistait pas moins
dans son système de défense, répétant toujours, à toutes les questions que lui posait
le juge d'instruction :

— N'importe!... Vous me prouveriez à
moi-même que tout est contre moi, que
vous ne pouvez m'obliger à vous avouer
que je suis un assassin quand cela n'est
pas et, je le jure, je n'ai tué personne.

Quant à l'emploi de son temps, il déclarait s'être promené jusqu'à onze heures
et demie dans les rues, sans but, et avoir
couché chez un ami, garçon boucher comme
lui, à Grenelle.

L'ami interrogé déclarait que Théodore
était venu à minuit moins un quart lui demander l'hospitalité. Mais ce témoignage
n'infirmait en rien l'accusation. On peut
tuer quelqu'un à dix heures et demie rue
Mouffetard et se trouver à Grenelle à onze
heures quarante-cinq sans être en droit
d'invoquer cela comme un *alibi*.

Le juge d'instruction avait tout essayé
pour lui arracher un aveu : interrogatoires
pressants, confrontation dramatique, mise
au secret, face à face avec son crime.

Tout avait été inutile.

Les premiers jours, Théodore s'était con-

tenté de secouer la tête et de répondre
par son refrain : Je ne suis pas un assassin.

Mais à mesure que les preuves matérielles
venaient s'accumuler contre lui, il avait
compris sans doute l'inanité de son système
et en avait imaginé un autre : le mutisme.

A toutes les questions il opposait la force
d'inertie du silence.

Si l'instruction n'avait pu produire que
des présomptions plus ou moins vagues,
elle eût peut être été embarrassée. Mais on
tenait en mains les preuves flagrantes du
crime et la conviction des juges était tellement établie que la chambre des mises en
accusation n'hésita pas un instant à défé-
rer Théodore Mercier à ·la cour d'assises.

L'accusé avait donc été invité à faire
choix d'un défenseur. Il déclara ne connaître personne, ajoutant pour la millième
fois que son innocence se découvrirait bien
d'elle-même. Comment? — Il n'en savait
rien. Mais il s'en remettait au hasard et
bien qu'il fût poursuivi par une sorte de
fatalité inexplicable, il n'éprouvait le besoin d'être défendu par personne.

Devant cette obstination que rien ne pouvait vaincre, il fut pourvu au choix d'un
avocat d'office.

Ce fut, comme il arrive trop souvent, à
un avocat stagiaire que fut confié ce procès perdu d'avance.

Trois ou quatre jeunes gens furent successivement désignés. Mais le bâtonnier fut assailli de visites. Celui-ci était indisposé; celui-là préparait ses examens de doctorat; un autre partait pour un voyage d'affaires.

Bref, aucun des néophytes de la toge et de la toque ne voulait se charger de cette cause que chacun, au courant des incidents de l'instruction, considérait comme détestable. Si encore, ç'avait été un procès à sensation, dont toute la presse dût retentir! Mais non : une cause de troisième ordre, des plus vulgaires, un accusé des moins sympathiques, avec un verdict de culpabilité certain, sans circonstances atténuantes.

Il n'y avait là rien qui pût affrioler un jeune avocat avide de réclame et qui tient, pour la première fois qu'il plaide en assises, sinon à faire acquitter son client, tout au moins à ce que le public sache le nom du défenseur. Et chacun d'esquiver la corvée.

Enfin le bâtonnier désigna un cinquième stagiaire, bien décidé à ne plus admettre d'excuses. Le hasard voulut que son choix tombât sur M⁰ Raoul Estibal.

Aussitôt que celui-ci reçut l'avis qu'il avait été choisi pour défendre l'homme qu'il considérait, avec tout le monde, comme l'auteur des maux qui avaient frappé celle qu'il aimait et sa mère adoptive, il ne fit qu'un saut au Palais de Justice et demanda à voir le chef de l'Ordre.

Le bâtonnier le reçut fort mal.

En vain Raoul lui expliqua qu'il connaissait les victimes de ce drame, qu'il ne pouvait accepter la tâche de défendre un misérable dont la culpabilité était évidente pour lui.

Tout fut inutile.

— Notre devoir professionnel est quelquefois pénible, lui répondit le bâtonnier; nous ne devons pas moins le remplir. Vous plaiderez les circonstances atténuantes.

— Mais je n'en trouve aucune.

— Vous vous en remettrez à la sagesse du jury et de la cour.

Raoul s'en revint pestant contre un ordre qui le forçait à défendre contre sa conviction un misérable dont il eût demandé la tête au jury sans le moindre remords.

Puis il réfléchit qu'il n'avait peut-être pas le droit d'abandonner ainsi un malheureux, si coupable qu'il fût, dans une situation aussi critique. Il se fit une raison, comme on dit, et se décida à demander pour son client l'indulgence du tribunal.

— Après tout, pensa-t-il, si tout sentiment d'humanité n'est pas étouffé dans ce monstre, le meilleur moyen de lui permettre le repentir, ce n'est pas de lui couper le cou. Je plaiderai.

Après avoir pris sommairement connais-
sance des pièces du dossier, il se fit con-
duire en fiacre à la prison de Mazas où il
demanda à voir le prisonnier, après avoir
décliné sa qualité de défenseur.

CHAPITRE II

Quand le gardien pénétra dans la cellule de Théodore, celui-ci était étendu sur le dos, à « franc carreau », la couchette qui garnit chaque cellule devant être, le jour, relevée le long du mur.

Il paraissait dormir ou réfléchir profondément. Le misérable crut sans doute qu'on venait le quérir pour quelque nouvel interrogatoire. Il ne se dérangea de la position horizontale qu'il occupait que lorsque le gardien, le poussant du pied avec cette urbanité qui distingue le personnel des prisons, lui eut répété pour la seconde fois :

— Allons, debout ! Votre avocat est là, qui vient causer avec vous.

Alors il s'étira, se dressant à demi, puis finit par se mettre sur ses pieds et suivit, sans mot dire, son guide au parloir des avocats.

A la vue de Raoul, il s'arrêta et contempla d'un œil curieux cet inconnu qui venait le défendre de force et malgré lui.

— Laissez-nous, dit Raoul au gardien, et fermez la porte. Je sonnerai quand vous devrez venir m'ouvrir.

Le gardien le salua obséquieusement et se retira.

Comme Théodore ne desserrait pas les dents, son défenseur se décida à entamer la conversation.

— Y a-t-il longtemps que l'on vous a mis au secret ? demanda-t-il au prisonnier d'un ton qu'il s'efforça de rendre compatissant.

— Huit jours, répondit Théodore d'un ton bourru.

Et il retomba dans son mutisme.

— Huit jours sans voir personne, ce doit être bien long, fit Raoul avec douceur.

Théodore ne daigna pas répondre.

— Diable! pensa Raoul, il n'est pas bavard. Il se méfie peut-être de moi. Il faut que je gagne sa confiance, si je veux obtenir ses confidences.

Il reprit, après un instant de silence et à brûle-pourpoint :

— Pourquoi avez-vous tué Auguste Beon ?

Théodore se dressa brusquement sur ses pieds.

— Comment ! Vous aussi ?... Vous me croyez coupable ?

Raoul fut stupéfait. Il n'avait pas encore acquis, par des rapports quotidiens avec les criminels, le flegme qui distingue les magistrats et les avocats du reste des hommes.

Toutefois cette question dans la bouche de ce bandit lui parut tellement invraisemblable, tellement abracadabrante, qu'il eut mille peines à garder son sérieux pour lui répondre :

— Parbleu !

Mais Théodore, comme la plupart des gens du peuple, avait, à défaut de culture, un gros bon sens qui valait toutes les logiques enseignées par l'Université.

— Mais alors, répliqua-t-il, pourquoi voulez-vous me défendre ?

L'argument était assez solide pour que le jeune avocat éprouvât quelque embarras à s'en tirer.

— Pourquoi ?... Mais parce qu'on m'a imposé votre défense. Sans cela, croyez bien...

Théodore ne le laissa pas continuer.

— Ainsi, vous êtes de l'avis des juges. Vous êtes persuadé que je suis un assassin et vous allez mentir pendant deux heures pour persuader aux jurés que je suis innocent comme l'enfant qui vient de naître !

Savez-vous, monsieur mon avocat, que c'est
un triste métier que vous faites là !

La sortie était brutale. Raoul s'échauffa :

— Mais, malheureux, s'écria-t-il, vous de-
vriez être trop heureux que je prenne en
main votre cause. Au reste, soyez bien
persuadé que je n'ai nullement l'intention
de plaider *non coupable*. Je demanderai seulement l'indulgence du jury pour vous empêcher d'aller à la Roquette. En tous cas, je
crois avoir droit à vos remerciements et non
à vos insultes.

Théodore se radoucit :

— Je vous remercie, monsieur mon avocat, fit-il avec une nuance d'ironie. Vous
êtes vraiment trop bon de n'exiger que les
travaux forcés et cela me réconcilie un peu
avec vous. Au moins vous êtes franc. C'est
une qualité. Mais alors je me défendrai
moi-même. Et comme moi, au moins, je
suis convaincu de mon innocence, je parle-
rai aux jurés et peut-être qu'ils compren-
dront la vérité.

Raoul commençait à être las de cette
conversation.

Cet assassin qui posait à l'honnête homme
lui agaçait furieusement les nerfs.

— Vous ferez ce que vous voudrez. Cela
m'est absolument égal. Je dois vous défendre et je vous défendrai. Vous ajouterez en-
suite tout ce qu'il vous plaira.

Trêve de comédie, ajouta-t-il. Vous être un misérable coupable d'un crime odieux. Que dis-je, un crime?...Vous n'avez point fait qu'une seule victime. Madame Graindor est à la Salpêtrière et sa folie ne va qu'en empirant... J'ai voulu oublier un instant, ému d'un sentiment de compassion que je regrette, l'horreur que vous m'inspiriez. Vous m'en faites ressouvenir. Ce n'est guère habile de votre part... Car vous n'excitez pas tant de pitié chez les autres que vous ayez le droit de faire fi de la mienne... Vous voulez adopter un système de défense ridicule. Libre à vous.... Je ne vous suivrai pas sur ce terrain. Je ferai ce que ma conscience me commande. Par votre repentir vous pouviez non pas réparer, mais atténuer votre forfait et vous attirer la clémence des juges... C'est tout ce que j'avais à vous dire. Quand vous aurez besoin de mon ministère, vous me ferez demander.

Et Raoul, prenant son chapeau qu'il avait posé dans un coin, se dirigea vers la porte.

Théodore qui l'avait écouté en silence et qui était devenu grave, le retint par la manche de sa redingote.

— Ecoutez-moi, monsieur l'avocat. Vous venez de me parler avec sincérité. Je vois que vous êtes un honnête homme. Vous n'avez aucun intérêt à me trouver coupable, vous. Je veux essayer de vous convaincre.

Raoul s'arrêta, presque malgré lui. Le ton simple et un peu triste dont Théodore avait prononcé ces paroles avait piqué sa curiosité.

Théodore poursuivit :

— Oui, vous avez raison. Et je serais à votre place et vous à la mienne (excusez la comparaison) que je vous parlerais comme vous m'avez parlé. Je serais plus dur peut-être encore que vous n'avez été. Je vous dirais : Vous êtes un misérable. Ce n'est pas le bagne que vous méritez, mais l'échafaud. Mais j'ajouterais : si vous êtes coupable.

— Mais vous l'êtes !...

— Parce que tout le monde l'a dit et répété, parce que les journaux l'ont imprimé, vous le croyez. Oh! les journaux! fit-il avec un geste de rage. Ils se font les échos de la police pour tromper le public, pour salir les honnêtes gens!

Vous êtes de bonne foi, du reste, et je ne peux vous en vouloir. Moi-même, si je n'étais moi, je croirais peut-être comme vous. Mais, si vous étiez l'accusé et que vous veniez me dire : Je vous jure sur tout ce qu'un homme a de plus sacré au monde, sur la mémoire de sa mère et sur l'amour qu'il a dans le cœur pour une femme, je vous jure sur tout cela que je n'ai pas commis le crime pour lequel on réclame ma tête, eh bien, moi, monsieur l'avocat, je vous écouterais avant de dire : Vous êtes coupable.

Théodore avait mis un tel feu, une telle énergie, un tel accent d'honnêteté révoltée dans cette apostrophe que Raoul en fut surpris. Il se rapprocha instinctivement de Théodore, touché de pitié.

— Si pourtant cet homme disait vrai, pensait-il, s'il n'était pas coupable ? Oh ! mais alors, ce serait épouvantable. Et j'aurais un grand devoir à remplir, celui de prouver son innocence.

— Tenez, monsieur, continua Théodore qui vit que l'impression produite sur le jeune homme était favorable, tenez, monsieur, je ne sais pas parler comme vous, mais je vous affirme que je suis innocent. Ce n'est pas moi l'auteur du crime de la rue Mouffetard.

— Mais alors, qui serait-ce ?

— C'est à moi que vous demandez cela ? Eh ! si je le savais, ce n'est pas moi qui serais ici, dans cette cellule. Ce n'est pas moi qui passerais devant la cour d'assises. Pardieu ! c'est aussi la question que m'a posée le juge d'instruction : « Si ce n'est pas vous, qui est-ce ? » Est-ce que je le sais ? Est-ce qu'on me donne le moyen de faire la lumière ? Non ! On engage contre moi une lutte où mes adversaires ont toutes les armes pour eux et moi aucune. On me tor-

ture. On m'isole dans une cellule. On écha-
faude contre moi,toute une montagne de ce
qu'ils appellent des preuves et l'on me dit :
« Vous êtes coupable. Avouez. » Comment
voulez-vous que je prouve à ces gens qu'ils
vont commettre, en me condamnant, un
crime encore plus hideux que celui dont
ils m'accusent? Répondez, monsieur.

Raoul restait silencieux. Sa conviction
commençait à être sérieusement ébranlée.
Il se disait qu'après tout, rien ne s'opposait
à ce qu'il recommençât une contre-enquête
en faveur de son client.

— Soit, lui dit-il, je veux vous croire un
instant. Mais alors fournissez-moi les moyens
de faire cette preuve, et répondez sans réticences. Qu'avez-vous fait dans la journée du
crime?

— Je vais vous dire. La veille, il y avait eu
un bal auquel assistait la fille de madame
Graindor. Vous savez combien j'étais amoureux de cette petite. Elle fit semblant de ne
pas même m'apercevoir. Je revins furieux
et navré.

Le lendemain matin, je voulus la voir.
pour lui demander si jamais elle ne m'aimerait, si jamais elle ne serait ma femme,
car c'était pour le bon motif que je lui fai-
sais la cour.

— Je sais, interrompit Raoul, que ces con-

fidences gênaient. Je sais. Vous l'avez atten-
due au passage, dans la rue des Feuillantines et vous l'avez menacée. L'accusation se
base là-dessus pour établir la prémédita-
tion.

— Je ne me rappelle pas ce que j'ai pu
lui dire, monsieur. J'étais fou de douleur et
de jalousie. Mais en tout cas, si j'avais mé-
dité contre elle quelque chose de mauvais,
je n'aurais pas eu la bêtise de le lui dire
d'avance. Et pourquoi voudriez-vous que
je lui aie voulu du mal? Je l'aimais bien trop
pour cela. On ne fait pas de mal à ceux
qu'on aime, même quand ils vous repous-
sent. N'est-il pas vrai?

— Continuez, dit Raoul, qu'avez-vous fait
de votre journée?

— Ma foi, monsieur, je n'en sais rien. J'é-
tais désespéré, voilà tout. Je ne suis pas
allé travailler. J'ai marché devant moi,
comme un fou, sans savoir où j'allais. Je
me rappelle cependant que j'ai pris le bateau et je suis allé à Meudon, pleurer dans
l'herbe. J'ai mangé dans un restaurant
près de la Seine. Quand la nuit est venue,
noire, je suis rentré dans Paris, machinalement, en suivant le bord de l'eau.

A Grenelle j'ai entendu sonner la demie
d'onze heures. Alors je me suis rappelé que
mon ami Pacaud habitait quelque part par

là, rue du Théâtre, et comme j'étais trop loin
de chez mon patron et qu'il n'y avait plus
d'omnibus, je suis allé lui demander à coucher.

Le lendemain j'ai déjeuné avec lui, et,
l'après-midi, j'ai pris le bateau qui remonte
à Bercy. Je suis descendu au Pont-au-
Change, mais arrivé sur le boulevard du Palais, un homme m'a mis la main sur l'épaule
et m'a dit de le suivre chez le commissaire.
Comme je n'avais pas le temps de flâner, je
l'ai prié de passer son chemin. Alors il a
appelé deux sergents de ville qui m'ont em-
poigné et conduit au poste. J'ai attendu
deux heures le commissaire. Quand il est
venu, il m'a demandé si j'étais bien Théodore Mercier. Je lui ai répondu : oui. Ça a
même paru le surprendre que je lui dise
ainsi mon nom tout de suite, je croyais qu'il
allait me relâcher et je lui ai demandé ce
qu'on me voulait.

— Vous le saurez assez tôt, m'a-t-il répondu.

Et le soir je couchais au Dépôt. Depuis je
n'ai vu personne que des gens qui m'ont
tous affirmé que j'étais un assassin et qu'ils
me feraient guillotiner si je ne disais pas
comme eux.

Voilà toute mon histoire, monsieur l'avocat.

Raoul avait écouté attentivement le récit

du garçon boucher. Il y avait tant de vérité dans son accent que la confiance dans
ses paroles le gagnait involontairement.

— Alors, dit-il, vous n'avez pas revu Auguste Belon depuis le bal ?

— Pas une minute. Je lui en voulais,
c'est vrai, puisqu'il me volait l'amour de
mademoiselle Rosette. Mais de là à l'assas-
siner la nuit, il y a loin. Je ne dis pas qu'en
plein jour, devant tout le monde, je n'aurais pas été content de lui frotter les côtes...
D'ailleurs, fit-il, s'interrompant, il est ab-
surde de dire que je l'ai tué parce que
c'était mon rival, puisque, en admettant
même que ce soit moi qui aie voulu violer
cette pauvre Rosette, je ne pouvais pas deviner que le fils Belon viendrait me barrer
le passage. C'est bien un hasard s'il s'est
trouvé là et rien ne prouve, parce que c'est
lui qui a été tué, que ce soit moi l'assassin.

— Vous me fournissez là, dit Raoul, un
argument à noter pour combattre la pré-
méditation.

— N'est-ce pas, monsieur ? murmura
Théodore qui sentait que Raoul lui devenait sympathique...

Il ajouta, timidement, comme s'il eût
craint de savoir la vérité :

— Est-ce que Rosette aussi me croit coupable ?

— Elle comme tout le monde, mon pau-

vre garçon. Elle est trompée par les appa-
rences.

— C'est affreux, gémit sourdement Théodore dont le front se perla de grosses gouttes de sueur. Elle aussi !

— Qu'importe ? dit le jeune avocat. Ne
perdez pas courage. Je vais me mettre en
route. J'irai chez toutes les personnes qui
vous ont vu le jour du crime et je tâcherai
de recueillir des indices. Et si vous m'avez
dit vrai, comme je commence à le croire,
je vous suis tout acquis et vous pourrez
compter entièrement sur moi.

Adieu, ajouta-t-il, en arrêtant d'un geste
Théodore qui se précipitait vers lui pour le
remercier. Ayez bon courage. Je reviendrai
demain matin, ou dans l'après-midi au plus
tard. Cela dépendra du temps qu'exige-
ront mes démarches.

En disant ces mots il frappa contre la porte
trois vigoureux coups de poing qui furent
immédiatement entendus du gardien, lequel se promenait dans le corridor voisin,
attendant la fin de l'entretien. Il vint ouvrir aussitôt et Raoul sortit du parloir.

Mais avant que la porte ne se fût refer-
mée derrière lui, il se ravisa, fit signe au
gardien de ne point emmener le prisonnier
et rentra près de Théodore.

— A propos, lui dit-il à mi-voix, j'ai oublié de vous demander le nom du restau-

rateur du bord de l'eau, au Bas-Meudon, chez qui vous avez dîné le soir de ce jour fatal.

— Son nom? Je l'ignore. Mais il est bien facile à trouver. C'est le seul restaurant qui ait une terrasse et des cabinets. J'ai mangé dans un cabinet, voulant être seul.

— Mais se souviendra-t-il de vous à votre signalement?

— Voici un détail qui réveillera ses souvenirs : je l'ai payé avec une pièce de dix francs et il hésitait à me rendre la monnaie parce qu'elle était étrangère. Enfin, comme je ne possédais que celle-là, il a fini par me la changer. Vous n'aurez qu'à lui rappeler cela; il saura de suite de qui vous voulez parler.

— A merveille ! fit Raoul qui se retira, cette fois, pour tout de bon.

CHAPITRE III

En sortant de Mazas, le jeune avocat s'arrêta un instant sur le trottoir.

La pluie commençait à tomber en grosses gouttes, larges comme des pièces de cent sous. Comme il n'était vêtu que d'une méchante redingote de demi-saison et qu'il n'avait point de parapluie, Raoul songea qu'il serait trempé jusqu'aux os s'il entreprenait dans un pareil costume ses recherches à Meudon, qu'il avait résolu cependant de commencer le jour même, vivement intrigué par le mystère qui enveloppait cette affaire.

Il regarda sa montre : trois heures et demie.

— Maurice doit être à son cabinet, murmura Raoul. Je vais aller lui emprunter un parapluie.

Et il prit sa course dans la direction de la place du Trône.

Maurice de Traincy, que nous avons entrevu à deux courtes reprises au début de cette histoire, était plus âgé que Raoul de cinq ans environ.

Avocat, comme ce dernier, mais non plus stagiaire, il possédait, boulevard Voltaire, un cabinet de consultations où il se tenait à la disposition des clients.

Raoul l'avait souvent remplacé dans cet office. C'est là, d'ailleurs, que se trouvait, pour le parquet, le domicile légal de l'avocat stagiaire à qui (nul ne l'ignore) les règlements de l'Ordre ne permettent pas de loger en hôtel meublé.

Le logement était petit, mais coquettement aménagé. Le père de Maurice, procureur près une cour importante en province avait fait largement les frais de cet établissement.

Comme le pensait Raoul, Maurice était chez lui. Il était en affaires. Raoul le fit appeler par le gamin qui servait à la fois de saute-ruisseau, de garçon de bureau et d'introducteur.

— Qu'y a-t-il donc, mon cher ? fit Maurice en apercevant son ami, à qui il serra la main.

— Il y a que je suis très pressé, que j'ai une affaire importante à élucider, qu'il pleut affreusement et que j'ai besoin d'un parapluie et d'un pardessus.

— A ton service, fit l'avocat, en courant décrocher un ample mac-farlane pendu à un porte-manteau. Voici la pelure. Et voici le riflard, ajouta-t-il en lui désignant un parapluie posé dans un coin du cabinet de toilette.

— Pourrait-on savoir, continua t-il, d'un ton légèrement persifleur qui lui était familier, quelle est cette affaire importante qui t'est confiée ? Quelque mur mitoyen sans doute?...

— Non pas, maître Maurice. Une affaire d'assises pour la prochaine session. Un bel et bon assassinat.

— Une affaire d'assises. Peste ! et quel est le mortel fortuné qui aura l'honneur d'être... condamné par tes soins ?

— Oh ! l'affaire n'est pas retentissante. J'ai été désigné d'office pour défendre Théodore Mercier, l'assassin de la rue Mouffetard.

— Théodore Mercier ! fit Maurice avec un brusque mouvement de recul que Raoul ne remarqua pas Mais n'est-il pas accusé d'avoir voulu s'offrir de force cette petite fille que j'ai rencontrée chez toi un matin, ta maîtresse, je crois ?

FIN DU TOME PREMIER

TABLE

Paris. — Imp. N. Blanpain, 7, rue Jeanne.
Le gérant : A. Soirat.

Imprimé par N. BLANPAIN

le 22 janvier 1887.

www.ingramcontent.com/pod-product-compliance
Ingram Content Group UK Ltd.
Pitfield, Milton Keynes, MK11 3LW, UK
UKHW020847120726
13693UKWH00002B/863